Gabriella Wollenhaupt

Grappa macht Theater

Kriminalroman

grafit

Die Autorin:

Gabriella Wollenhaupt, Jahrgang 1952, arbeitet seit 20 Jahren als Journalistin im Ruhrgebiet, zur Zeit als Hörfunk- und Fernsehredakteurin in Dortmund.

Als Kriminalschriftstellerin debutierte sie im Frühjahr 1993. *Grappas Versuchung,* befand das Magazin MARABO, »ist nicht nur journalistisch bestens recherchiert und spiegelt in unnachahmlicher Weise Ruhrgebietskolorit wider, es ist zudem noch ein spannender und witziger Krimi.« Es folgte *Grappas Treibjagd*. Das vorliegende Buch *Grappa macht Theater* ist der dritte Band der Krimis mit Maria Grappa. Weitere sollen folgen.

GrafiTäter & GrafiTote

Ard u.a.: Der Mörder kennt die Satzung nicht - Der Mörder würgt den Motor ab - Der Mörder bittet zum Diktat - Der Mörder kommt auf sanften Pfoten - Der Mörder kommt auf Krankenschein - Der Mörder bricht den Wanderstab - Der Mörder packt die Rute aus - Der Mörder schwänzt den Unterricht - Der Mörder zieht die Turnschuh an - Der Mörder bläst die Kerzen aus - Der Mörder ist immer der Gärtner • Die Meute von Hörde • *Leo P. Ard/Michael Illner:* Flotter Dreier - Gemischtes Doppel • *Leo P. Ard/ Reinhard Junge:* Der Witwenschüttler - Meine Niere, deine Niere - Die Waffen des Ekels - Das Ekel schlägt zurück - Bonner Roulette • *Dorothee Becker:* Mord verjährt nicht - Der rankende Tod • *Jacques Berndorf:* Eifel-Feuer - Eifel-Schnee - Eifel-Filz - Eifel-Gold - Eifel-Blues • *Horst Bieber:* Kaiserhof • *Horst Eckert:* Aufgeputscht - Bittere Delikatessen - Annas Erbe • *Christoph Güsken:* Schaumschlägers Ende - Bis dann, Schnüffler • *Harald Irnberger:* Das Schweigen der Kurschatten - Geil - Stimmbruch - Richtfest • *Andreas Izquierdo:* Jede Menge Seife - Das Doppeldings - Der Saumord • *Reinhard Junge/Leo P. Ard:* Das Ekel von Datteln • *Reinhard Junge:* Totes Kreuz - Klassenfahrt • *Jürgen Kehrer:* Das Kappenstein-Projekt - Bären und Bullen - Spinozas Rache - Schuß und Gegenschuß - Wilsberg und die Wiedertäufer - Kein Fall für Wilsberg - Killer nach Leipzig - Gottesgemüse - In alter Freundschaft - Und die Toten läßt man ruhen • *Agnes Kottmann:* Tote streiken nicht • *Leenders/Bay/ Leenders:* Clara! - Feine Milde - Jenseits von Uedem - Belsazars Ende - Königsschießen • *Fabian Lenk:* Schlaf, Kindlein, schlaf - Brandaktuell • *Hartwig Liedtke:* Scharfe Schnitte - Tod auf Rezept - Klinisch tot • *Reiner Nikula:* Laurins Garten - Tödliches Schach - Ein Stückchen Hirn • *Theo Pointner:* Scheinheilige Samariter - Tore, Punkte, Doppelmord • *Werner Schmitz:* Mord in Echt - Nahtlos braun - Dienst nach Vorschuß - Auf Teufel komm raus • *Gabriella Wollenhaupt:* Grappa und die fantastischen Fünf - Killt Grappa! - Grappa und der Wolf - Grappa fängt Feuer - Grappa dreht durch - Grappa macht Theater - Grappas Treibjagd - Grappas Versuchung

Chemnitzer Str. 31, D-44139 Dortmund
Internet http://www.grafit.de
e-mail grafit@knipp.de

Umschlagfoto: Archiv
Satz: HEVO GmbH, Dortmund
Druck und Bindearbeiten: Fuldaer Verlagsanstalt
ISBN 3-89425-042-9
4. 5. 6. 7. / 99 98 97

Für Fritz Michael

Bierstadt, die liebenswerte und weltoffene Metropole im Revier, ist auch eine Stadt mit Kultur. Sie wird aus öffentlichen Geldern subventioniert und nicht nur von Zeitungskritikern zur Kenntnis genommen. Auch der mündige Bürger besucht zu Silvester gern »Hoffmanns Erzählungen« oder den »Zigeunerbaron« und ergötzt sich an Schillers Klassiker »Die Räuber«.

Hinter den Kulissen jedoch tobt der Kampf um Macht und Moneten, Prestige und Pöstchen.

In diesem Roman sind Ähnlichkeiten mit lebenden Personen nicht beabsichtigt. Sie wären Ergebnis des Zufalls.

Die Personen:

Boris Austerlitz mag Schauspielerinnen.
Lazarus Beutelmoser nervt Schulklassen.
Beate Elsermann möchte ins Fernsehen.
Ralf-Maria Feudel will Generalintendant werden.
Gallo Pinto schreibt heimlich.
Gregor Gottwald liebt »La Paloma«.
Maria Grappa stellt dreiste Fragen.
Jacques Höfnagel hält sich bedeckt.
Peter Jansen beherrscht die Partie.
Cäsar Knulp wird reingelegt.
Paul Pistor kann nicht nein sagen.
»Putzi« mag es lieber grob.
Anneliese von Prätorius will endlich leben.
Aristide von Prätorius will wild leben und jung sterben.
Nello von Prätorius lebt über seinen Tod hinaus.

Der Vorhang fällt, das Stück ist aus
Und Herrn und Damen gehn nach Haus.

Heinrich Heine

Die Welt ist ein Sumpf — und wir suhlen uns mittendrin

Langsam öffnete sich der rotweinfarbene Vorhang, stockte einige Sekunden, als wolle ein gnädiger Geist die Zuschauer vor dem Anblick, der sich gleich bieten würde, bewahren.

Meine Augen brauchten eine Weile, bis sie sich an das sanfte Licht gewöhnt hatten, doch dann sah ich, was nicht zu übersehen war: Die Bühne war mit dunklem Erdreich bedeckt. Zwischendrin mehrere Pfützen. Rundherum lagen Kleidungsstücke. Es roch nach feuchtem Moder mit einem Hauch von Pferdemist. Die Gefäße in der Kulisse waren mit prallen Würsten gefüllt, in den Regalen lagen Eier, in der Erde scharrten verwirrte lebende Hühner, die ganz offensichtlich an ihrem Verstand zweifelten. Ein klägliches Gackern schallte in den Zuschauerraum. Hier und da ein kleines Geflatter, weiße Federchen versanken im Morast. Hühner in Panik.

Obwohl ich tierlieb bin, versetzte mich das Federvieh in eine ziemlich schlechte Stimmung. Maria Grappa, fragte ich mich, was in aller Welt hat ausgerechnet dich ins Theater verschlagen? Und das, wo ich gerade heute hätte wählen können zwischen einem Klassentreffen beim Italiener, einem gemütlichen Fernsehabend mit 23 Programmen und einer Flasche Roten oder der Rezension eines Lesben-Krimis, den der Sappho-Frauenbuchverlag dringend von mir erwartete.

All das wäre sinnvoller gewesen als dieser Abend! Ich seufzte tief und drückte mich in den Theatersessel. Fehlentscheidungen müssen durchgestanden werden.

Tapfer blickte ich auf die Bühne. Meine Augen sahen ein großes Käserad, das an der Wand lehnte. Auf dem Tisch Spuren einer gerade gegessenen Mahlzeit. Speck, und schon wieder Käse. »Metapher« wurde sowas wohl genannt. Klar, dachte ich, warum nicht, die Story spielt ja in Holland. Und Holland ist Käse. Das weiß jedes Kind.

Von der Bühnendecke baumelte ein dickes Tau, an dem eine Glocke hing. Alles hing genau über dem großen Schlammhaufen.

Ich war noch immer verwirrt. Im Textbuch stand etwas von einer Amtsstube. Das hier sah aus wie ein Schweinestall.

Ich blickte auf Nello von Prätorius, der — wie vom Donner gerührt — rechts vor mir saß. Er hatte mich in dieses Stück gelockt, von einem »kulturellen Ereignis« gesprochen. Nello war der Kulturkritiker des »Bierstädter Kulturechos«, gefürchtet wegen seiner scharfen Feder und geachtet wegen seines sicheren Urteils. Aber mit diesem Bühnenbild hatte selbst er nicht gerechnet, so schien es mir.

»Der zerbrochne Krug« von Heinrich von Kleist — so hieß das Stück heute abend. Ein Klassiker, der vielen Menschen in den letzten 200 Jahren angeblich Freude gemacht haben soll. Die Geschichte von einem geilen alten Amtsrichter, der einer Jungfrau nächtens nachsteigt und dabei einen Krug zerdeppert.

Eine Story, die jeder versteht. Dem Bierstädter Theaterpublikum auf den Leib geschrieben. Das Haus war ausverkauft, denn alle wollten die erste Inszenierung des neuen Schauspieldirektors sehen. Sogar ich war darauf reingefallen und hatte mir eine Karte im Gegenwert von einem Abendessen gekauft.

Schade, daß Nello von Prätorius nicht direkt neben mir saß. Ich hätte gern ein paar passende Worte an ihn gerichtet. Aber vielleicht kam noch Schwung in die Sache.

Da! Bewegung auf der Bühne. Vom Seil rutschte ein Mann in Unterwäsche mitten in eine Pfütze und schrie auf. Es klang echt. Das mußte der Dorfrichter Adam sein, denn ich erkannte Paul Pistor, den Kammerschauspieler der Bierstädter Bühnen. Sein kugelrunder Bauch war nicht mit den »Biergewächsen« anderer Herren zu verwechseln.

Paul Pistor war recht schwer und nicht mehr der Jüngste. Da saß er nun und hatte Mühe, sich aufzurappeln. Der Schlamm hatte seine blütenweißen Unterhosen ruiniert. Er schien sich weh getan zu haben, denn er rieb sich Kopf und Bein. Aber das gehört vielleicht zur Rolle, fiel mir ein.

»Ei, was zum Henker, sagt, Gevatter Adam!
Was ist mit Euch geschehen, wie seht Ihr aus?«

Ein zweiter Mann war aufgetreten. Wohl der Schreiber des Richters, wie ich dem Programm entnehmen konnte.

»Wie seht ihr aus?«

wiederholte er. Eine gute Frage! Denn der Richter sah ziemlich verdreckt aus. Mit der linken Hand verscheuchte er ein Huhn, das sich hilfesuchend auf seinen Schoß geflüchtet hatte. Es gackerte empört auf und flog auf das Käserad.

»Ja, seht!«

sprach Paul Pistor mit einer tiefen melodischen Stimme.

»Zum Straucheln brauchts doch nichts als Füße.
Auf diesem glatten Boden, ist ein Strauch hier?
Gestrauchelt bin ich hier, denn jeder trägt
Den leid'gen Stein zum Anstoß in sich selbst.«

Der weitere Dialog der beiden drehte sich dann darum, auf welche Art und Weise und bei welcher Gelegenheit der Richter so ramponiert worden war.

Paul Pistor spielte brillant. Ihn schien der Dreck, in dem er sich bewegen mußte, nicht zu stören. Nur die Hühner hatte er nicht im Griff, denn sie hatten einen Narren an ihm gefressen. Sie liefen ständig auf ihn zu, als sei er ihr Stiefvater. Er revanchierte sich mit Schlägen und Tritten, ohne seinen Text zu vergessen.

»Nun denn, so kommt, Gevatter«,

schleuderte Pistor seinem Schreiber entgegen.

»Folgt mir ein wenig zur Registratur;
Die Aktenstöße setz ich auf, denn die,
Die liegen wie der Turm zu Babylon.«

Der erste Auftritt war vorbei. Stille. Erst dann ein zögernder Applaus. Zu dem Applaus gesellten sich erste Buh-Rufe. Ich gehörte zu den Klatschenden. Immerhin hatte es viel Arbeit gekostet, den Schlamm in solchen Mengen auf die Bühne zu schaffen. Und die Idee mit dem Federvieh war wenigstens originell.

Ich blickte zu Nello von Prätorius. Der Kulturkritiker des »Bierstädter Kulturechos« saß regungslos auf seinem Platz und hatte die Hand vor die Augen gelegt. Er litt. Er hatte einen Schock. Sein Zustand war kritisch. Ich würde mich in der Pause um ihn kümmern müssen!

Gnadenlos schob sich der Vorhang wieder zur Seite. Richter Adam und sein Schreiber in Aufruhr. Ein Gerichtsrat aus Utrecht hatte sich zum Kontrollbesuch angesagt. Hektische Unruhe im Schlammhaufen, denn des Richters Perücke war verschwunden.

»Der Teufel soll mich holen!
Ich hatte die Perücke aufgehängt,
Auf einen Stuhl, da ich zu Bette ging,
Den Stuhl berühr' ich in der Nacht, sie fällt ...«

»Drauf nimmt die Katze sie ins Maul ...«

mischte sich der Schreiber ein,

»Und trägt sie unters Bett und jungt darin.«

Nello von Prätorius kauerte noch immer in seinem Sitz, schien sich aber — aus seiner Erstarrung erwacht — wieder dem Schauspiel zuzuwenden. Ich erkannte im Halbdunkel, daß er sich Notizen machte. Die Schauspieler selbst schienen keinen Spaß mehr an dem Schlammbad zu haben, denn sie leierten ihre Sätze rasch und lieblos und — wie ich fand — reichlich genervt herunter.

Im Theaterraum wurde es unruhig. Die Zuschauer tuschelten miteinander. Die ersten gingen bereits.

Paul Pistor, der alte Profi, versuchte, die Aufmerksamkeit wieder auf sich und seine Rolle zu lenken:

»Willkommen, gnäd'ger Herr, in unserm Huisum!«

dröhnte er in den Raum.

»Wer konnte, du gerechter Gott, wer konnte
So freudigen Besuches sich gewärt'gen.
Kein Traum, der heute früh Glock achte noch
Zu solchem Glücke sich versteigen durfte!«

Das Glück war ausgesprochen einseitig und fand nur im Textbuch statt. Immer mehr Zuschauer standen auf und drängelten durch die Reihen ins Freie. Paul Pistor blickte irritiert in das Dunkel des Zuschauerraums. Eine solche Massenflucht hatte selbst er, der seit 30 Jahren Leute bei Laune hielt, noch nicht erlebt.

Zur Zeit lief erst der vierte Auftritt ab, bis zur Pause dürfte das Theater leer und der Skandal perfekt sein.

»Bleiben Sie bitte sitzen! Gehen Sie nicht auch noch!« flüsterte es neben mir. Ich blickte zur Seite. Ich hatte gar nicht darauf geachtet, daß sich ein junger Mann neben mich gesetzt hatte.

»Keine Sorge«, beruhigte ich ihn, »ich bleibe bis zum bitteren Ende. Ich habe schließlich für das ganze Stück bezahlt. Wie finden Sie die Inszenierung denn?«

»Ich weiß nicht«, sagte er zögernd, »ich habe keine Ahnung vom Theater.«

»Das verbindet uns.«

Ich betrachtete ihn. Ungefähr mein Alter, vielleicht etwas jünger. Große schwarze Augen, die im Dunkeln wie heruntergebrannte Eierbriketts glommen. Schwarzes volles Haar, das wirr um den Kopf stand. Er krallte sich an der Vorderlehne fest, schien unter Strom zu stehen.

»Warum sind Sie denn hier, wenn Sie keine Ahnung vom Theater haben?« wollte ich wissen.

»Die Eve ist meine Freundin«, sagte er wie abwesend, »sie tritt gleich auf. Sehen Sie, wie viele Leute schon gegangen sind! Wenn sie kommt und der Saal ist leer! Nein, das übersteht sie nicht! Da, jetzt kommt sie! Schauen Sie doch!«

Eine ältere Frau in Bauernkleidern stolperte durch den Morast auf den Richter und den Gerichtsrat zu. Sie lamentierte endlos über einen Krug, den ein Unbekannter in der Nacht zerdeppert hatte. Hinter ihr eine jüngere Frau und zwei Männer. Ich guckte mir die Eve näher an. Beate Elsermann, so hieß sie laut Programmheft. Eine junge Schauspielerin, die erst seit wenigen Monaten Mitglied des Bierstädter Ensembles war und zu den gewagtesten Hoffnungen Anlaß gab.

»Ist sie nicht wunderbar?« wollte mein Stuhlnachbar wissen.

»Bisher hat sie ja noch nichts gesagt!« antwortete ich wahrheitsgemäß.

»Du gehst zum Regimente jetzt, o Ruprecht, —
Wer weiß, wenn du erst die Muskete trägst,
Ob ich dich je im Leben wieder sehe.
Krieg ist's, bedenke, Krieg, in den du ziehst,
Willst du mit solchem Grolle von mir scheiden?«

Eve hatte in flehendem Ton zu ihrem Verlobten gesprochen. Der Mann neben mir hing an ihren Lippen und sprach lautlos die Worte mit. Sein Entzücken drang sogar durchs Halbdunkel zu mir.

Ich war gerührt. Wahre Liebe läßt mein Herz ganz hurtig schmelzen, da bin ich sentimental.

Die junge Schauspielerin war hochgewachsen und sehr schlank. Ob das Blondhaar echt war, konnte ich nicht erkennen. Sie bewegte sich betont langsam durchs Bühnenbild, ihre Stimme war tief und verführerisch. Ihr Schmerz über den Verlobten, der laut Kleist in den Krieg ziehen soll, kam nahe an eine Satire heran. Das Mädel war eine Fehlbesetzung für die Rolle einer ländlichen Naiven, das bekam sogar ich mit.

Als Fanny Hill oder Leutnant Tamara Jagelovsk auf dem Raumschiff Orion wäre sie ein Knaller gewesen.

Endlich! Das Licht ging aus, die Pause begann. Das Raunen, das durch die Zuschauerreihen strich, war alles andere als freundlich. Es klang genervt und rachsüchtig. Das Volk und seine Kulturtitanen würden noch heute abend die Exekution von Schauspielchef Cäsar Knulp vorbereiten.

Ein alter Mann mit vielen Feinden

Bevor ich vor einigen Jahren Nello von Prätorius persönlich kennenlernte, hatte ich schon viel über ihn gehört. Sein Ruf in Künstlerkreisen war außergewöhnlich. Daß Journalisten, wenn sie andere kritisieren, nicht immer Jedermanns Lieblinge sind — davon konnte ich auch ein Lied singen. Doch der Haß, der ihm nach seinen Theaterkritiken entgegenschlug, war von besonderer Qualität.

Nello tat so, als bekäme er davon nichts mit. Er spürte nicht die Wut, die Schauspieler, Regisseure und Kulturbeamte mühsam zügeln mußten, wenn sie ihm begegneten.

»Irgendwann, mein Lieber«, hatte ich geweissagt, »wird Sie jemand tot aus dem Kanal fischen. Oder erstickt in Ihrem Bett finden. Im Mund eine zusammengeknüllte Theaterkritik. Richtig schön in den Hals gedreht, damit die Luft wegbleibt. Aber ich verspreche Ihnen, daß ich Ihren Mörder finden werde!«

Nello hatte das nicht nachvollziehen können.

»Sie übertreiben wie üblich, Gnädigste! Warum sollte mich jemand umbringen? Einen alten Mann, der den Zenit seines Lebens schon längst hinter sich gelassen hat?«

»Sie haben zu viele Feinde! Seit Jahren schlachten Sie in Ihren Kritiken Schauspieler, Regisseure und Bühnenbildner. Vielleicht ja sogar zu Recht. Denken Sie zum Beispiel an Ihre letzte Konzertkritik. Sie haben dem Generalmusikdirektor geraten, bei einem Kur-Orchester als Trommler anzufangen, damit er lernt, wie ein korrekter Takt zu sitzen hat. Glauben Sie, daß er sich darüber gefreut hat?«

»Mittelmaß ist mir verhaßt.« Das war seine Verteidigung. Er schüttelte sich vor Ekel und strich sein dickes weißes Haar zurück, nahm seine Rezitierhaltung ein, streckte die Bauchdecke nach vorn und pumpte seinen mächtigen Oberkörper voll Luft. Dann breitete er die Arme aus, als wolle er die neun Töchter des Zeus, die unter dem Begriff »Musen« bekannt sind, auf einmal umarmen.

»Das Theater ist eine Metapher des Ego im schlechten Verhältnis zu sich selbst. In der künstlerischen Verfremdung liegt die Wahrheit aller Wahrheiten.«

Um seinen Worten noch mehr Kraft zu verleihen, nahm er seinen Gehstock und klopfte im Rhythmus der Silben auf den Boden. Der Stock war aus schwarzem Ebenholz und hatte einen silbernen Entenkopf. Er half ihm beim Laufen, denn Nello von Prätorius hatte nicht nur einen Herzschaden, sondern auch noch ein künstliches Hüftgelenk. Doch das Humpeln paßte zu ihm. Was wäre der Teufel ohne seinen Pferdefuß?

»Wieso kommt es«, fragte ich, »daß Ihr Kollege Gallo Pinto immer anderer Meinung ist als Sie?«

Das war seine schwache Stelle. Gallo Pinto trieb sich nämlich auch bei Theaterstücken und Konzerten herum und schrieb darüber in einer Zeitschrift namens »Melpomene«. Niemand in Bierstadt kannte seine Identität, was die Sache ungeheuer spannend machte — zumindest für die Leute, die sich für Kultur interessierten.

Wie gesagt, ich gehöre nicht dazu. Ich bin lieber dort, wo sich das wirkliche Leben abspielt. Große Gesten, edle Gefühle und schweinische Taten sind mir in natura lieber.

Trotzdem gelang es Nello, mir den Kleist aufzuschwatzen. Und da saß ich nun.

Putzi will nicht in den Zoo, und Nello ist der Schöpfer der Hühnernummer

Im Foyer sah ich Oberbürgermeister Gregor Gottwald, der sich in Richtung Garderobe bewegte. Er mußte eine Weile auf seinen Mantel warten. Ich trat zu ihm.

»Hallo, OB«, sagte ich, »Grappa vom Tageblatt. Schön, Sie hier zu sehen. Sie gehen doch sonst nie freiwillig ins Theater. Hat es Ihnen denn gefallen?«

Er schaute mich an, als sei ich eine lästige Stubenfliege. Doch dann siegte sein Mitteilungsbedürfnis.

»Alles Käse!« urteilte er kurz, knapp und laut. Ich hatte seine präzise Beobachtungsgabe immer geschätzt. Die Leute in seiner Nähe unterbrachen ihre Unterhaltungen.

»Alles Käse!« wiederholte er. »Und damit meine ich nicht den Gouda auf der Bühne. Dieser Knulp ist wohl mit dem Klammerbeutel gepudert! Mit dem muß mal Tacheles geredet werden, und zwar gründlich!«

Gottwald war wütend und legte seine Worte noch weniger als sonst auf die Goldwaage des Opportunismus.

»Und die Freiheit der Kunst?« wandte ich ein.

»Kunst? Papperlapapp! Käse, nichts als Käse!«

»Darf ich Sie zitieren?«

»Ihr Journalisten macht ja doch, was ihr wollt!«

Sprach es, zog seinen Mantel über und ließ mich stehen. Schön, dachte ich, das gibt zumindest eine saftige Lokalspitze. Das Honorar dafür könnte soeben meine Ausgaben für die Theaterkarte decken. Ich entschloß mich, noch weitere Stimmen zu sammeln, und mischte mich unter die Leute.

Dahinten stand Ralf-Maria Feudel, der Bierstädter Kulturmäzen und Entdecker des neuen Schauspieldirektors Cäsar Knulp. Er hielt sich im Foyer des Theaters an einem Glas Bier fest und sah überhaupt nicht zufrieden aus. Sein breites, flaches Gesicht wurde von einer flippigen Designer-Brille zusammengehalten, sonst wäre es auseinandergeflossen. Er schien ständig zu lächeln, denn seine Oberlippe war zu kurz. Durch den Schocker auf der Bühne war dieses Lächeln nun zu einer stummen Klage gefroren.

Neben Feudel feixte Kulturdezernent Jacques Höfnagel. Während Feudel mit einem dunkelblauen Maßanzug aufwartete und auf sein Äußeres achtete, hatte der Anzug des Kulturdezernenten schon bessere Zeiten gesehen, vor etwa 15 Jahren nämlich, als er noch neu war. Die Hose war zu kurz, dafür reichten die Ärmel bis zu den Mittelhandknochen. Ein Schulterpolster des Jacketts war wohl bei der letzten Reinigung verloren gegangen, so daß sein Oberkörper eine leichte Schieflage hatte.

Zwischen beiden langweilte sich Feudels Leibwächter, ein wirkliches Prachtexemplar der Gattung »Mann«, aber aus der Zeit, als der Hominide »Australopithecus« die Primärwälder nach Beute durchstreifte.

Kein höherer Gedanke hatte sich dieser Stirn je genähert, alle guten und schönen Anlagen im Mann hatten sich bei ihm in seinen Muskeln vereinigt. Die Betonstirn war breit, der Haaransatz tief, die Frisur dauergewellt.

Ich frage mich in solchen Augenblicken immer, ob die Spezies »Mann« nicht ein böser Fehler der Natur ist.

Als ich auf Feudel und Höfnagel zutrat, stellte sich der Dödel mitten in den Weg und guckte mich ganz böse an. Ich spielte Erschrecken.

»Troll dich, Putzi«, knurrte ich dann, »deine Mama wartet im Zoo mit dem Abendessen auf dich!«

»Putzi« fing an, darüber nachzudenken, ob er überhaupt eine Mama hatte. Ich nutzte die längere Pause und drückte mich an ihm vorbei.

»Hallo, die Herren«, flötete ich, »wie geht's, wie steht's?«

Der Kulturdezernent guckte mich mit müdem Lächeln an. Für ihn war ich der Prototyp einer Nervensäge.

»Das ist Frau Grappa«, erklärte er lahm in Richtung Feudel, »Reporterin, Wadenbeißerin, Emanze, mehr fällt mir im Moment nicht ein. Sie könnte ganz nett sein, wenn sie nicht die unangenehme Eigenschaft hätte, ihre Nase in Dinge zu stecken, die sie überhaupt nichts angehen!«

»Ich bin doch jetzt Polizeireporterin«, stellte ich klar, »da kommen wir uns doch nicht ins Gehege, Höfnagel, oder? Es sei denn, Sie überfallen diese italienische Herrenboutique, von der ich Ihnen neulich erzählt habe. Die mit den tollen Anzügen, die auch aus Ihnen einen gutaussehenden Mann mit breiten Schultern und federndem Gang machen würden.«

»Liebe Frau Grappa«, grinste er, »Männer sind nicht nur willige Spielobjekte weiblicher Ästhetik. Es gibt auch Männer mit inneren Werten, und eins dieser Exemplare steht vor Ihnen!«

Er warf sich in die Brust und wurde zwei Zentimeter breiter. Ich mußte lachen. Für einen Beamtenfuzzi war er manchmal erstaunlich schlagfertig.

»Ach, übrigens«, meinte er dann, »dieser Herr hier ist Ralf-Maria Feudel, Kulturmäzen und Unternehmer. Sie beide kennen sich wohl noch nicht.«

Ich reichte Feudel meine Hand. Er nahm sie und deutete eine Verbeugung an. Seine Hand war feucht und kalt.

Ich mimte Entzücken. »Wie schön, daß ich Sie kennenlernen darf«, plapperte ich. »Ich habe schon viel über Sie gehört. Wollen Sie nicht unser neuer Generalintendant werden?«

Ich legte in meine Stimme den ganzen Charme, zu dem ich fähig war, doch das reichte nicht aus, denn Feudels Miene verfinsterte sich. Sein Blick schabte an mir herunter, so, als wolle er sich meinen Anblick genau einprägen.

»Verstehst du, was ich meine, Ralf-Maria?« fragte Höfnagel und zupfte sich die Krawatte zurecht. »Sie steckt ihre Nase in Dinge, von denen sie nicht die Bohne versteht. Plappert sensible Personaldinge in die schöne weite Welt. Mischt sich in alles ein und weiß immer alles besser. Und schreibt womöglich noch darüber, beseelt von journalistischem Größenwahn!«

»Jetzt reicht es aber«, murrte ich. Einen Angriff auf meinen hehren Berufsstand konnte ich nicht hinnehmen, »so geheim ist Herrn Feudels Interesse an dem Posten nun auch nicht mehr. Lesen Sie denn keine Fachzeitschriften?

Außerdem, was kümmert's mich? Kultur ist nicht mein Thema. Ich wollte mich nur nett unterhalten. Warum gerade mit Ihnen, weiß ich allerdings nicht mehr! Ich versuch's halt noch mal. Wie hat Ihnen die Inszenierung bisher gefallen?«

Feudel schwieg weiter, doch Höfnagel legte los: »Eine saumäßige Zumutung ist das Ganze. Ich weiß nicht, was in den Knulp gefahren ist! Dieser ganze Dreck auf der Bühne, ekelhaft! Das wird Konsequenzen haben! Schuster, bleib bei deinen Leisten. Aber wenn ein Bauernlümmel schon mal in die Großstadt kommt! Oder sogar extra hierher geholt wird! Wäre er doch Chef dieser Freilichtbühne geblieben!«

Feudel zuckte zusammen. Das hörte er gar nicht gern, denn immerhin war Knulp seine Entdeckung. Er hatte Höfnagel ausgetrickst, der damals einen anderen Favoriten gehabt hatte. Doch Feudel traute sich jetzt nicht, Knulp zu verteidigen.

»Kommen Sie, Frau Grappa«, sagte Höfnagel mit zuckersüßer Stimme, »ich geb Ihnen ein Gläschen Sekt aus. Ich war eben ein bißchen hart zu Ihnen. Lassen Sie uns darauf trinken, daß Sie die Finger von der Sache lassen!«

Höfnagel ließ Feudel und seinen Wachhund stehen und schob mich in Richtung Sektbar. Er gab einem Kellner ein Zeichen, der flugs zweimal Champus ranschleppte.

»Auf Ralf-Maria Feudel«, prostete mir Bierstadts höchster Kulturbeamter zu, »und darauf, daß er mit dem heutigen Abend nicht mehr die geringste Chance hat, Generalintendant zu werden! Mein Dank geht an Cäsar Knulp und an die Journalisten, die mitgeholfen haben. Und an das Bierstädter Publikum, das seinem Zorn heute abend freien Lauf gelassen hat! Zum Wohl!«

So lief der Hase also! Und ich hatte gedacht, daß Höfnagel und Feudel das Kriegsbeil begraben hätten. In der Öffentlichkeit galten sie als gute Freunde.

»Sie verblüffen mich! Ich dachte, Feudel wäre Ihr Favorit für den Posten des Generals?«

»Ach was! Ein Nachtwächter als Intendant! Wo gibt es

denn sowas? Bierstadt will zwar in die Schlagzeilen mit seiner herausragenden Kulturpolitik, aber nicht auf die Witzseite!«

Er lachte, und der Schalk tobte in seinen Augen. Aus dem grauen Mann wurde ein Ausbund von Ausgelassenheit. Er hatte es faustdick hinter den Löffeln. Mir schwante in diesem Augenblick Ungeheuerliches. Und ich ging der Sache auf den Grund.

»Wer könnte Cäsar Knulp denn nur den Tip mit dem Schlamm gegeben haben? Wer hat ihm die lebende Hühner-Nummer aufgeschwatzt? Und wer hatte die blendende Idee, den Dorfrichter in Unterbuxen zu stecken?«

»Grappa-Mäuschen, Sie sind ein cleveres Mädchen!« Höfnagel rieb sich vor Vergnügen die Hände. »Ich habe Cäsar Knulp ein paar gutgemeinte Tips gegeben. Mehr nicht. Daß er sie so beherzigt, hätte ich niemals geglaubt, höchstens gehofft!«

»Beamteter Heuchler«, benotete ich seine Intrige, »der arme Knulp! Sie wollten Feudel treffen und opfern Knulp. Was passiert jetzt mit ihm?«

»Gar nichts. Der hat einen Drei-Jahres-Vertrag. Wenn wir ihn rausschmeißen, bekommt er sein Gehalt trotzdem. Das wird ziemlich teuer. Aber seine nächsten Stücke werden anders aussehen, das werde ich schon in der nächsten Ratssitzung versprechen können. Die Sache heute ist nur ein kleiner Ausrutscher.«

»Und was ist, wenn Knulp sich wehrt und auspackt?«

»Das tut er nicht. Und was sollte er auch zu sagen haben? Daß ich mit ihm über die ›Großstadt als Theaterraum‹ gesprochen habe?«

»Und wenn ein Journalist darüber schreibt oder eine Journalistin, die sich der Gerechtigkeit verschrieben hat?« Selbstverständlich dachte ich dabei an mich.

»Grappa-Mäuschen!« säuselte er und versuchte einen Dackel-Blick. Das nächste »Mäuschen« hat Konsequenzen, dachte ich und blickte finster drein.

»Ich kenne Sie doch«, fuhr er fort, »Sie haben doch eine Menge Spaß an Intrigen auf hohem Niveau. Was haben Sie nicht schon für Geschichten angestellt!«

»Ich weiß nicht, was Sie meinen. Diese Intrige hier hat acht Punkte auf der nach oben offenen Höfnagel-Skala. Was aber ist mit Nello von Prätorius? Falls er die Wahrheit herausfindet!«

»Er war immer gegen Knulp. Außerdem weiß unser überaus beliebter Kulturkritiker Bescheid. Der Tip mit den Hühnern und dem Matsch stammt von ihm.«

Ich schüttelte den Kopf. Es verblüffte mich immer wieder, wie politische Intrigen in Bierstadt abliefen. Der Kampf mit dem offenen Visier war selten, lieber kungelte man auf geheimen Treffs mit ausgesuchten Teilnehmern Macht- und Personalfragen aus. Leider machten alle politischen Parteien das Spiel mit, und wir Journalisten ließen uns nur allzu oft einspannen.

Aber ich würde mich in den Theaterskandal nicht einmischen, obwohl ich jetzt die Wahrheit kannte. Oder sollte ich doch?

Ich kam nicht dazu, die Frage zu beantworten, denn ich wurde abgelenkt.

Am Ausgang des Schauspielhauses waren laute Stimmen zu hören. Wir stürzten hin.

In der Tür stand der junge Mann mit den Brikettaugen, der im Innenraum neben mir gesessen hatte. Er hatte eine Schußwaffe in der Hand und richtete sie auf die Leute, die das Gebäude gerade verlassen wollten.

»Ihr bleibt alle hier!« brüllte er. »Das Stück ist noch nicht zu Ende!«

Die Menschen wichen ängstlich zurück. Die Lage war ernst, denn der junge Mann drehte durch.

»Höfnagel«, sagte ich, »Sie müssen was tun! Der ballert gleich los! Dann haben Sie einen richtigen Skandal, Mann! Sie sind der oberste Repräsentant der Stadt, denn Gottwald ist eben verschwunden. Also handeln Sie!«

Höfnagel rührte sich nicht und gab sich ganz der Inszenierung vor der Tür hin. »Erst mal abwarten«, raunte er mir zu.

Plötzlich kam Bewegung in den Pistolenschützen. Er schritt auf Nello von Prätorius zu, der zusammen mit Lazarus Beutelmoser, einem Bierstädter Schriftsteller, in Türnähe stand. Nello wich zurück, doch im Rücken hatte er nur die Wand.

Dann drückte der junge Mann ihm die Waffe in den mächtigen Bauch und brüllte in Richtung Zuschauer: »Wissen Sie, wer das hier ist?« Niemand antwortete ihm, alle hielten den Atem an.

»Das ist der Herr über Zukunftshoffnungen, der mit ein paar Sätzen Leben und Existenzen auslöschen kann! Einfach so, weil ihm gerade danach ist!«

Unberechenbarer Haß klang in seiner Stimme, als er Nello ins Gesicht schrie: »Ein mieser Schreibling sind Sie! Und wenn Sie morgen nur ein schlechtes Wort über meine Eve schreiben, dann passiert was!«

»Eve? Wen meint der Kerl?« fragte Höfnagel leise.

»Diese junge Schauspielerin, die heute abend mitspielt. Er ist ihr Freund«, flüsterte ich.

Im Augenwinkel sah ich, wie Ulf-Maria Feudel seinem Leibwächter ein Zeichen gab. Niemand bemerkte, daß sich »Putzi« duckte und hinter den erstarrten Menschen zu dem Attentäter schlich. Die Schußwaffe war noch immer auf Nellos Bauch gerichtet.

Ob der gemerkt hatte, daß Hilfe nahte, weiß ich nicht. Vielleicht wollte er nur einen Angriff auf die Freiheit der Kunst abwehren, als er dem jungen Mann voll ins Gesicht dröhnte: »Sie Flegel, Sie! Was ich schreibe oder nicht, das lassen Sie meine Sorge sein! Die Kunst ist frei und keiner brutalen Gewalt unterworfen! Und was diese junge Dame angeht ..., die hat uns beide betrogen und ausgenutzt. Nur Sie haben es noch nicht bemerkt, Herr Austerlitz!«

Nello lachte und lachte. Ich wartete jeden Augenblick auf einen Schuß und schloß vorsichtshalber schon mal die Augen. Mir fiel ein, daß ich keine Fotokamera dabei hatte, weil sich das Ding nicht in mein Abendtäschchen quetschen ließ. Wäre ein schönes Exklusivfoto gewesen!

»Sie haben sie ausgenutzt und beschmutzt! Meine Eve, diese unschuldige schöne Frau!« rief der Verwirrte in großem Schmerz aus.

Dann ging alles sehr schnell. »Putzi« tauchte hinter ihm

auf, packte ihn und drehte ihm den Arm mit der Waffe um. Ein Schmerzensschrei hallte durch das Foyer. Die Sache war gelaufen.

»Na also«, stellte Höfnagel fest, »jetzt kann die Polizei den Rest erledigen. Armer Irrer!«

Ich ging zu Nello, dem der Schreck erst jetzt in die Knochen gefahren war. Schwer atmend hing er auf einem Barhocker und stützte sich mit seinem Entenstock ab. Schriftsteller Lazarus Beutelmoser sprach beruhigend auf ihn ein.

»Das war knapp!« sagte ich. »Wer war der arme Irre?«

»Er ist mit der Schauspielerin Beate Elsermann befreundet«, antwortete Nello, »mehr weiß ich auch nicht. Er heißt Austerlitz oder so ähnlich.«

Er konnte kaum sprechen, war bleich und zitterte.

»Und was haben Sie mit der Dame zu tun?« Ich war neugierig.

Nello schwieg. Bevor ich nachhaken konnte, mischte sich Lazarus Beutelmoser ein. »Lassen Sie meinen Freund in Ruhe! Sehen Sie nicht, daß er sich nur mit Mühe aufrecht halten kann?«

Er hatte recht. Ich war mal wieder rauh und gefühllos.

»Soll ich Sie ins Krankenhaus fahren?« bot ich Nello von Prätorius an. Doch er winkte ab und griff nach dem Bier, das ihm Beutelmoser hinhielt. Sein Blick streifte unruhig durch den Raum. Ich folgte seinen Augen. Sie steuerten geradewegs auf Austerlitz zu und blieben mit einem seltsamen Ausdruck auf ihm liegen. Die beiden hatten mehr miteinander zu tun, als Nello zugeben wollte.

Austerlitz saß in einem Sessel neben »Putzi«, der ihn noch immer mit seinen Pranken gegriffen hatte. Die Polizei war unterwegs. Der Gesichtsausdruck des Leibwächters lag zwischen Beutestolz und Liebeserwartung. Tatsächlich kam sein Boß Feudel und schlug ihm anerkennend auf die eckigen Schultern. »Putzi« strahlte, er hatte seine Sache gut gemacht. Feudel lächelte, und diesmal schien er es wirklich zu wollen. Männerfreundschaft.

Der Rest war Routine: Die Polizei kam und nahm den Gefangenen mit. Die zweite Halbzeit wurde auf Anweisung des Kulturdezernenten abgesagt. Lazarus Beutelmoser erklärte sich bereit, Nello von Prätorius nach Hause zu fahren und sich um ihn zu kümmern.

»Was hat der Junge bloß gemeint«, fragte ich Nello zum Abschied, »als er sagte, auch Sie hätten Eve ausgenutzt und beschmutzt?«

»Ich habe wirklich nicht die Spur einer Ahnung!« behauptete Nello in seinem Rezitier-Ton. Er hatte sich wieder im Griff.

Ich sah in seine Augen und wußte, daß er log. An diesem Abend sah ich Nello von Prätorius das letzte Mal lebend.

Strafaktionen gegen Cäsar Knulp

Alle Zeitungen und Zeitschriften zerfetzten am nächsten Tag die Aufführung und sezierten Cäsar Knulp artgerecht auf einem Silbertablett. Natürlich überschattete der Vorfall mit dem temperamentvollen Schwarzauge die kulturelle Sensation. Nello spuckte publizistisch Gift und Galle.

Gallo Pinto, dessen »Melpomene« am selben Tag herauskam, war gegenteiliger Meinung. Er lobte die Inszenierung als »richtungsweisend«, war entzückt von der Idee mit dem Schlamm, der das Ländlich-Einfache der Kleistschen Charaktere psychologisch einfühlsam betone. Die Schauspielerin Beate Elsermann pries er als »blutvolle und charakterschwere Neuentdeckung, die der etwas blassen Figur der Kleist'schen Eve ein modernes, elegant-lässiges Kleid überstreift.«

Außerdem hob er positiv hervor, daß Knulp dem Einakter eine Pause verpaßt hatte, was es seit der Uraufführung durch Goethe nicht mehr gegeben habe. Wahrscheinlich hatte er das Bierstädter Publikum nicht überfordern wollen, dachte ich. Und Kammerschauspieler Paul Pistor habe »genial die Absicht des Meisters darstellerisch nachempfunden: Wir alle haben keine weiße Weste mehr, sind schuldig geworden an der Unschuld des Lebens!«

Doch Gallo Pinto konnte nicht gewinnen. Bierstadt

spielte dieses Spiel nicht mit. Kulturdezernent Höfnagel schaltete sich ein und sorgte dafür, daß das Stück zunächst aus dem Spielplan genommen wurde. Schauspieldirektor Knulp wurde zu einer Krisensitzung ins Rathaus befohlen, wo er sich vor einer Jury verantworten mußte. Er wurde verwarnt und an seine gelungenen süddeutschen Inszenierungen des »Kleinen Muck« und des »Froschkönigs« erinnert und kategorisch aufgefordert, künftig in dieser Tradition weiterzuarbeiten.

Er gelobte Besserung und versprach, das Stück so schnell wie möglich umzuarbeiten und es dann wieder auf die Bühne zu bringen.

Nellos Hüftschwung und ein Anwalt mit Verfolgungswahn

Die Flure im Gefängniskrankenhaus waren lang und blankgeputzt. Meine Pumps karikierten mit ihrem Klackklack das Quietschen der Gummisohle der Krankenschwester, die mit schwerem Gang vor mir hertrabte.

»Hier liegt er«, sagte sie mürrisch und stieß die Tür auf, »aber nur zehn Minuten!«

Ich sah ein Bett und darin einen Mann, der die Augen geschlossen hatte. Seine Haut war gelblich, und die Lippen flüsterten unverständliche Beschwörungsformeln. Ich trat an sein Bett.

»Hallo«, begann ich, »erinnern Sie sich an mich? Ich habe im Theater neben Ihnen gesessen.«

Nur langsam und zögernd hoben sich die Lider. Die Brikettaugen waren erloschen und sahen aus wie stumpfe Kohlen. Er stülpte seinen Blick über mich, so, als suche er einen Halt. Ich war für diesen Augenblick damit einverstanden.

»Wie geht es Ihnen?« fragte ich und nahm seine Hand. Er wollte sprechen, doch mehr als ein klägliches Krächzen brachte er nicht zustande. Mein Herz litt mit. Das Leid hübscher Männer war mir nie gleichgültig gewesen.

»Lassen Sie sich Zeit«, schlug ich vor und setzte mich auf den Besucherstuhl, »wenn Sie wollen, daß ich bleibe, heben Sie Ihre Hand!«

Er hob sie und ließ sie gleich wieder fallen. Schloß vor Mattigkeit die hübschen schwarzen Augen.

»Warum sind Sie hier?« fragte er und öffnete die Augen.

»Ich will wissen, warum Sie ausgerastet sind. Und ich will Ihnen helfen. Aber ich will mich erst mal vorstellen. Ich bin Maria Grappa, freie Journalistin beim ›Bierstädter Tageblatt‹. Ihr Name ist Boris Austerlitz, Sie sind Rechtsanwalt in einer kleinen Kanzlei im Norden von Bierstadt. Nicht vorbestraft, ledig und keine Kinder.«

»Sie haben gut recherchiert, Frau Journalistin«, flüsterte er, »was wollen Sie von mir? Eine heiße Geschichte?«

»Ich will wissen, warum Sie Ihr Leben zerstören. Ist es wegen Beate Elsermann? Und was hat sie mit dem Kulturkritiker zu tun?«

»Mein Leben ist eine einzige Niederlage«, gab er bekannt, »am besten wäre es, ich wäre tot.«

»Aber, aber! Was ist also mit dieser Schauspielerin?«

»Ich liebe sie. Aber sie will ganz nach oben. Um jeden Preis. Der Preis sind die Männer, mit denen sie sich abgeben muß. Ich kann ihr nicht helfen bei ihrer Karriere, also sucht sie woanders.«

»Hat sie eine Affäre mit Prätorius?«

»Ja, mit dem auch.«

»Warum suchen Sie sich nicht eine andere, wenn Sie auf Treue wert legen?«

»Ich kann nicht. Noch nicht. Ist die Liebe fort, bleibt der Haß. Und der bindet Menschen noch mehr aneinander als die Liebe.«

»Sie hassen sie doch gar nicht! Sie gehören zu den Männern, die an Frauen zugrunde gehen! Und daraus noch eine Lustgewinn erzielen. Wie haben Sie sie kennengelernt?«

»Sie kam in meine Kanzlei, weil sie Fragen zu einem Vertragsabschluß hatte.«

»Hat sie wirklich eine Affäre mit Prätorius gehabt? Vielleicht bilden Sie sich das alles ein!«

»Sie halten mich auch für verrückt, oder? Dabei haben Sie nur noch nicht die wahre Leidenschaft kennengelernt!«

Ich lachte. »Ist es normal, sich von einer Frau ständig betrügen zu lassen? Wenn Sie das brauchen und wollen, dann dürfen Sie andere dafür nicht büßen lassen! Sie haben Nello einen ganz schönen Schreck versetzt und den anderen Leuten im Theater auch! Was haben die mit Ihrem ganz persönlichen Masochismus zu tun?«

»Sie wollte, daß er gut über sie schreibt. Deshalb ist sie mit ihm ins Bett gegangen.«

»Blödsinn! Der Mann ist alt und krank! Hat es mit dem Herzen und humpelt. Der stürzt sich nicht in ein sexuelles Abenteuer!«

Aber ganz sicher war ich nicht. Warum sollte er sich seine alten Tage nicht verschönern, auch wenn er die Rolle vorwärts über die Anrichte nicht mehr schaffte? Sexuelle Enthaltsamkeit ist meist nur der Mangel an Gelegenheit.

Austerlitz brauchte Ruhe. 80 Zeilen über Hintergründe einer Verzweiflungstat aus enttäuschter Liebe waren in meinem Kopf. Die Stellungnahme von Nello würde die Sache abrunden.

»Ich muß los! Erholen Sie sich gut«, wünschte ich Boris Austerlitz, »rufen Sie mich wieder an, wenn Sie draußen sind. Als Anwalt wissen Sie ja, wie Sie der Untersuchungshaft entgehen. Das bißchen Geiselnahme kann nicht den Kopf kosten! Wenn Sie mich brauchen, dann rufen Sie an!«

Wie der Käse laufen lernte

Nello war nicht aufzutreiben. In der Redaktion des »Kulturechos« hatte man zunächst an nichts Böses gedacht, als er zwei Tage lang nicht aufgetaucht war. Doch als der Erscheinungstermin des Wochenblattes immer näher rückte und sich kein Nello meldete, wurde die Polizei eingeschaltet. Denn einen Termin würde Nello von Prätorius niemals verpassen: Den Abgabetermin seiner wöchentlichen Rezension. Dafür investierte er zuviel Herzblut.

Die Sache fiel jetzt eindeutig in mein Ressort als Polizeireporterin. Ich fing an und griff zum Telefonhörer.

Die umliegenden Krankenhäuser meldeten keinen orientierungslosen Patienten, seine Stammlokale hatte Nello seit Tagen nicht mehr aufgesucht und Freunde, bei denen er unterschlüpfen konnte, besaß Bierstadts größter Schöngeist nicht. Es gab auch keine Familie mehr, mit der er zusammenlebte. Er hauste nämlich in einer kleinen Hinterhofwohnung im Norden der Stadt, drei Zimmer, Küche und Bad.

Ich klingelte. Ein Mann öffnete die Tür. Er gab sich als Besitzer des Hauses zu erkennen. Ich hielt ihm kurz und selbstbewußt meinen Presseausweis entgegen.

»Wissen Sie, wo sich Herr Prätorius befindet?« fragte ich mit sorgenvoller Stimme.

»Polizei?«

Ich sagte nichts und machte mit dem Kopf eine Bewegung, die er als »ja« deuten konnte. »Wann haben Sie Herrn Prätorius zum letzten Mal gesehen?«

»Vor drei Tagen«, entgegnete der Hausbesitzer, »aber das wissen Ihre Kollegen schon!«

Die Polizei war also schon da, dachte ich, um so besser.

»Ich weiß, aber ich habe noch ein paar weitere Ermittlungen zu machen. Können Sie mir die Wohnung noch einmal aufschließen?«

Er drehte sich um und griff zu einem Schlüsselbrett. Mürrisch stieg er die Stufen vor mir hoch und brummelte unwillige Worte vor sich hin. Ein echter Bierstädter, dachte ich, zuvorkommend, höflich und durch und durch hilfsbereit. Von dem ausgelassenen Naturell ganz zu schweigen.

»Hier ist es«, murmelte er und öffnete. Er ließ den Schlüssel stecken und schlurfte dann in Richtung Treppe zurück.

»Schließen Sie aber wieder zu! Ich bin dann unten.«

Ich ging durch die Tür. Ein kreatives Chaos empfing mich. Das Bett sah aus, als sei Nello gerade aufgestanden. Überall lagen Kleider herum, Schranktüren klafften auf. Unmengen von alten Zeitungen lagen gestapelt in der Ecke, fertig für den Altpapier-Container.

In der Küche war Frühstück bereitet und gegessen worden — vor einigen Tagen allerdings. Der Schnittkäse wellte sich auf seinem Teller, und die Ränder eines Mortadella-Nachahmeproduktes waren braun und hart. Der Camembert-Rest hatte laufen gelernt.

Sieht nicht aus, als wäre er verreist, stellte ich fest und öffnete das Fenster. Mein Blick erhaschte die Nirosta-Spüle mit eingeweichtem Geschirr. Speisereste tummelten sich auf der Wasseroberfläche. Es roch nicht gut. Ich zog den Stopfen raus, das Wasser gluckerte in den Abfluß.

Ich ging in den nächsten Raum. Das war das Arbeitszimmer. Hier war alles sauber und aufgeräumt. Im Bücherregal standen mehrere gebundene Jahresausgaben des »Kulturechos« und der »Melpomene«. Sieh an, dachte ich, Nello hat die Kritiken seines Gegners Gallo Pinto genau so säuberlich gesammelt wie seine eigenen. Achtung vor dem Feind, so nennt man das wohl!

Ich schnüffelte auf dem Schreibtisch herum. Da lagen einige Manuskript-Seiten, die für die letzte Ausgabe des »Kulturechos« bestimmt gewesen waren. Er hatte zuletzt ein modernes Stück besprochen, das in einer Nachbarstadt Premiere gehabt hatte. Ich las:

> »Ohnehin sind wir in einer Geisterbahn, im Jahrmarkt-Hades des typischen Sauerländer Wurstkessels, wo Blutsuppen überschwappen und der Sensenmann Zither spielt. Der Tod macht den muffelnd verstumpften Zerberus. Alle paar Minuten platzen neue Monstren ab: knipsende Japanertrupps mit Asisatengrinsen, sich gegenseitig in Pinkelposen ablichtend. Drei äffische Jünglinge in Drill und Drillich prügeln einem vierten den Nazi-Gruß ein. Und eine Nutte wird von ihrem Zuhälter blutig niedergestreckt.«

Merkwürdig, was heutzutage alles auf einer Bühne gezeigt wird. Ich zog die Schreibtischschublade auf. Auf den ersten Blick fand ich nichts Ungewöhnliches. Abgerissene

Theaterkarten, Terminpläne der Bühnen im Umkreis, Ausstellungskataloge. Ich stieß auf einen Ordner mit Kontoauszügen. Schon nach kurzer Durchsicht war mir klar, daß Nello kein armer Mann war. Sein Konto stand voll in den schwarzen Zahlen, und am Monatsende hatte er noch Geld übrig.

Mir fiel auf, daß er regelmäßig zum 15. des Monats 2000 Mark per Einzelauftrag überwies an eine Anneliese von Prätorius. Das war die Ex-Ehefrau, die er uncharmant »Vampir« nannte, weil er sich von ihr gnadenlos finanziell ausgepreßt fühlte. Eine seiner Übertreibungen, denn 2000 Mark Unterhalt im Monat waren nicht eben ein Vermögen.

Ich schaute auf die Armbanduhr: Es war schon der 17. des Monats. Nello war seit drei Tagen verschwunden. Der »Vampir« hatte noch keine müde Mark gesehen.

Ich wühlte weiter und fand das, was für Schnüffler wie mich zur Goldgrube werden kann: Einen Terminkalender. Dieser Fund war aber auch der Bewies dafür, daß Nello von Prätorius etwas zugestoßen sein mußte, denn kein Journalist geht ohne seinen Terminkalender aus dem Haus!

Ich steckte das Lederbüchlein ein, warf die Reste des Frühstücks ins Klo, spülte das Geschirr notdürftig, gab den Schlüssel wieder ab und verschwand.

Kein Bock auf Plädoyers für Aschenputtel

In der Redaktion meines hauptsächlichen Brötchengebers, des »Bierstädter Tageblattes«, tobte das Chaos. Peter Jansen, der Lokalchef, zimmerte ein neues Layout für den nächsten Tag.

»Wir müssen alles umschmeißen«, beklagte er sich, »und das heute, wo ich Karten für das Spiel ergattert habe. Und das beginnt in zwei Stunden!«

»Das Spiel«, das konnte nur Fußball bedeuten, um den sich in Bierstadt so ziemlich alles drehte.

»Ich fange sofort an zu schreiben«, wollte ich ihn trösten, »ich hol mir nur noch einen Kaffee!«

»Deine Geschichte vergessen wir!« teilte er mir mit. Ich verstand Bahnhof. Die Besuche im Gefängniskrankenhaus und in Nellos Wohnung hatten mich mehr als einen halben Tag gekostet, und nun sollte alles vergebens sein?

»Nicht mit mir, Peter!« protestierte ich. Doch Jansen nahm mich überhaupt nicht wahr, sein Interesse galt unserem Knipser.

»Haben wir endlich das Foto von der Kleinen?« drängelte er den Fotografen, der ihm prompt ein Bündel noch feuchter Abzüge hinschob.

»Sehr schön«, schnalzte Jansen mit der Zunge, »die Kleine ist ja wirklich fotogen! Guckt euch das mal an!«

Die anwesenden Kollegen ließen ihre Arbeiten ruhen und stürzten zu Jansens Schreibtisch. Auch ich blickte ihm über die Schulter. Die Fotos zeigten eine junge Frau, die malerisch in weißen Kissen lag, das Nachthemd so weit geöffnet, daß der Ansatz des vollen Busens zu sehen war. Ihre kurzen schwarzen Haare legten sich wie ein Helm um ihr ernstes Gesicht. Die Augen starrten am Betrachter vorbei und gaukelten Melancholie vor. Irgendwie kam sie mir bekannt vor.

»Wer ist die Maus?« fragte ich, doch niemand antwortete mir. Alle glotzten wie gebannt auf die Fotos.

»Guckt euch diese großen Ohren an! Bombastisch!« jubelte der Sportredakteur hingerissen. Die anderen schwiegen. Um ihre Münder lag ein andächtiger Zug.

»Die hätte auch noch mehr gezeigt«, prahlte der Fotograf, »aber wir sind ja schließlich eine Familienzeitung. Doch ich darf noch mal wiederkommen. Hat sie gesagt, ehrlich!«

Neid glomm in den Augen der Männerriege auf.

»Die schaffst du doch nicht mehr, Kleiner!« behauptete der Sportsmann und schaute den Fotografen mitleidig an. »Die braucht einen richtigen Kerl und nicht ein solches Männchen wie dich!«

»Es kommt nicht auf die Größe an und auch nicht auf ein großes Maul«, setzte sich der Knipser zur Wehr, »ich kann immerhin gute Fotos machen, und womit kannst du dienen? Ach ja, du kannst mit verbundenen Augen zwanzig Biersorten voneinander unterscheiden! Toll, wirklich toll. Genau darauf wird sie stehen, ganz bestimmt!«

»Schluß jetzt!« befahl Jansen. »Hebt euch euer Platzhirschgesülze für die Freizeit auf. Hier wird hart gearbeitet und streng nach dienstlichen Gegebenheiten entschieden.«

Er fischte ein Foto aus dem Packen und stellte fest: »Das nehmen wir! Dreispaltig 120 hoch.«

Ich hatte dem typischen Männerdialog gebannt gelauscht. Die Frau auf dem Bild war die Schauspielerin Beate Elsermann. Ich hatte sie nicht sofort erkannt, weil sie auf der Bühne eine blonde Perücke getragen hatte.

»Was ist los mit der Frau?« Langsam riß mir der Geduldsfaden. »Ich renne mir die Hacken platt, versuche was über die Motive dieses verrückten Jungen herauszukriegen, und nun macht ihr eine andere Story daraus! Und das auch noch ohne mich! Was soll das?«

»Reg dich nicht auf! Ich wußte nicht, wie ich dich erreichen sollte. Sie hat versucht, sich das Leben zu nehmen. Hat aber vorher noch Zeit gehabt, einen Abschiedsbrief an uns zu schicken. Wegen ihrer versauten Karriere sähe sie keine andere Möglichkeit mehr, et cetera.«

»Mir kommen die Tränen! Manche tun alles, um in die Zeitung zu kommen. Wie hat sie es angestellt?«

»Wie das solche Frauen immer machen. So viele Tabletten, daß es gerade noch mal zum Aufwachen reicht.«

»Wer hat sie gefunden?«

»Eine Freundin, mit der sie verabredet war. Und weil sie nicht gekommen ist, hat sie in der Wohnung nachgesehen. Den Rest kannst du dir denken. Die Nummer ist oberalt.«

»Und? Warum machen wir eine Story draus, wenn sie die Sache getürkt hat?« Ich war noch immer verschnupft.

»Das Umfeld ist es! Theaterskandal, Geiselnahme ... Und der Kulturkritiker, der sie in seiner Zeitung niedergemacht hat, ist verschwunden. In der Kombination fehlte nur noch eine schöne Frau und ein bißchen Sex. Beides haben wir jetzt. Das ist die Mischung, mit der Millionen von

Lesern jeden Tag zugesülzt werden und die immer wieder ein neuer Erfolg ist.«

Jansen hatte recht. Die Blut-Tränen-Sperma-Mischung lief genauso gut wie »Herz-Schmerz-Familie« oder »Hund-rettet-Baby«. Kritische Sozialreportagen und Berichte aus der Arbeits- und Frauenwelt interessierten die Masse unserer mündigen Bürger nicht mehr. Plädoyers für Aschenputtel oder Lobgesänge auf späte Robin-Hoods waren mega-out.

Auch ich hatte mich dem Trend angepaßt und war ins Polizeiressort umgestiegen. Schnell hatte ich festgestellt, daß der Unterschied zur Sozialreportage gar nicht so groß war. Verbrechen professionell aufarbeiten und einfühlend schildern, das war mein Job.

Große und kleine Gewalttaten kamen in allen gesellschaftlichen Schichten vor. Da gab es den Totschlag zwischen Eheleuten am Frühstückstisch, weil der Mann das Ei köpfte, was seine Frau zur Weißglut und zum Messerwerfen trieb. Oder den Kleingärtner, der seinem Mitpächter mit der Rosenschere die Blumen zunächst auf zwei Millimeter runterstutzte, um ihn dann mit dem Gartenschlauch zu erwürgen. Gern dachte ich auch an einen meiner ersten Fälle zurück. Eine bekannte Bierstädter Managergattin hatte ihren Mann unterm Weihnachtsbaum mit dem neuen Hermes-Seidenschal erdrosselt.

»Grappa-Mäuschen!«

Das war Jansen, der jetzt auch mit »Mäuschen« anfing. Ich werde etwas dagegen tun müssen, dachte ich bitter, und zwar ein für allemal. Ich hatte nicht jahrelang aktiv in Frauenselbstverwirklichungs-Kursen über die »Diffamierung der Frau durch Männersprache« mitgeschimpft, um mir nun solche Frechheiten bieten zu lassen.

Aber erst mal hören, was er will, beschloß ich pragmatisch, vielleicht handelt es sich ja um einen netten kleinen Auftrag, der Honorar einbringt.

»Ja, Peter-Häschen?« flötete ich und warf ihm eine Kußhand zu.

»Ich habe einen Auftrag für dich, der dir viel Freude machen wird.«

Ich wartete.

»Du kümmerst dich um diese Schauspielerin, so ganz von Frau zu Frau. Dann treibst du den verschwundenen Nello auf, das sind wir unserem Kollegen schuldig. Und die Story über den armen Irren mit der Knarre kannst du auch noch mit verwursten. Und das alles möglichst bald. Wie findest du meinen Vorschlag?«

»Kein Problem!« gab ich gähnend zur Antwort. Er verstand die Ironie nicht.

»Schön, daß du es so siehst. Morgen bringen wir die Selbstmordstory und halten so die Geschichte auf kleiner Flamme schön warm für dich. Du machst dich dann so schnell wie möglich an diese Elsermann ran. Aber sei vorsichtig! Wer weiß, was noch alles passiert. Daß Prätorius verschwunden ist, macht mir wirklich Sorgen. Ich habe so ein Gefühl, daß wir noch einige Monate von der Story zehren können.«

»Es wird schon nicht so schlimm werden! Diese Kulturleute sind doch harmlose Menschen.«

»Das glaubst du! Kein Mensch ist harmlos, wenn es um seine Existenzgrundlage geht. Wenn Eitelkeiten, Profilneurosen, Leidenschaften und Macht eine Rolle spielen. Oder hättest du geglaubt, daß sich Kollege Prätorius auf Höfnagels Intrigen-Spiel eingelassen hätte? Oder daß ein harmloser Advokat mit einer Knarre in der Hand Theaterzuschauer bedroht?«

Vielleicht hatte er recht. Ich nahm die Sache auf die leichte Schulter, aber das hatte mir bisher noch nie geschadet, weil ich mich immer hatte schnell anpassen können.

»Was soll ich also deiner Meinung nach tun? Wie soll ich vorgehen?«

»Mit Vernunft! Du weißt, daß du ein Händchen für Komplikationen hast, Maria! Immer wenn du irgendwas anfaßt, beginnen die Stories erst richtig heiß zu werden. Ich weiß auch nicht, wie du das machst. Vielleicht liegt es daran, daß du den falschen Leuten zum richtigen Zeitpunkt die falschen Fragen stellst oder daß du die richtigen Fragen zum falschen Zeitpunkt vergißt oder daß du zuviel wissen willst und dabei die richtigen Antworten überhörst. Außerdem stört mich dein Hang zu illegalen Recherchemethoden.«

»Der Zweck heiligt die Mittel. Zum Schluß kam bisher immer das raus, was du und unsere Leser erwartet hatten, oder etwa nicht? Ich bin nun mal kein Sesselfurzer!«

Ich mußte meine Ehre verteidigen. Was hatte Jansen bloß? Er wurde manchmal von merkwürdigen Gewissensbissen gepeinigt, die ich nicht verstehen konnte. Wahrscheinlich brauchte er Urlaub.

»Ich will doch nur, daß dir nichts passiert«, behauptete er, »du hast manchmal zu viel Schwung drauf! Aber es wird schon werden!«

Er machte eine Pause, stiefelte fünf Meter weiter bis zu seinem Schreibtisch und setzte sich. Dann fuhr er fort: »Was haben wir denn bisher? Eine politische Intrige, einen verschwundenen Kollegen und einen verrückten Liebhaber. Politik, Liebe, Sex und vielleicht Mord! Ungewöhnlich ist, daß sich alles im Kulturbereich abspielt. Aber du wirst das schon schaffen. Also — ran an die Sache! Ich erwarte von dir, daß wir die ersten sind, die Prätorius finden. Egal, in welchem Zustand!«

Jetzt war er wieder der Alte. Ich atmete auf, doch eine wichtige Sache mußte ich noch mit ihm regeln.

»Laß uns erst noch übers Geld reden!«

»Höre ich das Wort ›Geld‹? Wie kannst du nur so gierig sein!«

»Erst seitdem ich freie Mitarbeiterin bin! Für die Storys will ich eine Pauschale und kein mageres Zeilengeld. Die Fotos mach ich auch selbst, dann hat mein Fotokurs an der Volkshochschule wenigstens einen Sinn gehabt. Kannst du mir deine Kamera leihen?«

»Der freie Mitarbeiter hat seine Produktionsmittel selbst mitzubringen«, zitierte Jansen aus meinem Vertrag, »tut er das nicht, wird das Honorar gekürzt!«

»Wenn du nicht still bist und den Apparat rausrückst, laß ich dich auf der Geschichte sitzen oder fordere noch Gefahrenzulage. Dein Vortrag eben hat mir Angst eingejagt.«

Diese Sprache verstand er.

»Ist ja gut, Grappa-Mäuschen«, zog er sich zurück, »du kriegst, was du verlangst. Denke immer daran, daß wir dich alle lieben, besonders wenn du auf Recherche und somit nicht körperlich anwesend bist.«

Ich erhob mich und ging in Richtung Tür.

»Ich lasse von mir hören! Und noch was, Peter! Wenn du noch einmal ›Mäuschen‹ zu mir sagst, lege ich eine tote Ratte in deinen Kaffeetopf. Ist das klar?«

Ein Geheimbund mit sieben Vorstandsmitgliedern

Nello von Prätorius blieb verschwunden. Ich mußte seinen Freunden auf die Bude rücken. In der Redaktion des »Kulturechos« erzählte mir einer seiner Kollegen, daß Nello Mitglied eines exklusiven Clubs war, der »Loge« genannt wurde. Feudel war der Chef, doch wer noch zum Vorstand gehörte, wußte niemand. Ich machte mich also zum Vereinsregister auf, das im Gebäude des Amtsgerichtes untergebracht war.

Die moderne Computerelektronik verkürzte die Recherche. Nach gut zehn Minuten gab mir die Angestellte die Karteikarte des »Vereins zur Förderung von Kunst und Kultur in Bierstadt«. Er war vor fünf Jahren gegründet worden. Ich schaute mir die Namen der Gründungsmitglieder an und staunte nicht schlecht.

Neben Ralf-Maria Feudel als Vorsitzendem standen noch Schriftsteller Lazarus Beutelmoser, Kammerschauspieler Paul Pistor, Nello von Prätorius und — das war die Überraschung — Beate Elsermann auf der Karte. Zwei weitere Namen waren mir nicht bekannt: Ernst Lotterbeck und Otto Grünger.

Wie kam die Schauspielerin, die erst seit wenigen Monaten in Bierstadt engagiert war, in diesen Verein? Sie mußte seit immerhin fünf Jahren einige ihrer Herren Vereinskameraden kennen!

Ich verließ grübelnd das Amtsgericht. Ich hatte inzwischen so viel Erstaunliches herausbekommen, daß mein Kopf schwirrte. Die »Loge« war der Schlüssel zu einer verschlossenen Tür. Doch was verbarg sich dahinter? Eine Tarnorganisation? Aber für was? Wie hatte es Feudel geschafft, für seine »Loge« die steuerliche Gemeinnützigkeit zu bekommen?

Nur weil er einmal im Jahr einen Opernball für die Bierstädter High Society veranstaltete? Da kostete die Karte einen halben Tausender.

Als Vereinszweck war die »Förderung kultureller Initiativen« angegeben, über die Aufnahme neuer Mitglieder mußte im Vorstand Einstimmigkeit herrschen. Das klang nach Geheimnistuerei. Und Geheimnisse waren dazu da, gelüftet zu werden.

Ein »erlesenes Haus« und ein schlauer Fliegenpilz

Lazarus Beutelmoser war so etwas wie Bierstadts Betroffenheitsschriftsteller. Ende Sechzig, ein freundlicher Mann, der für jeden, den er traf, ein salbungsvolles Wort auf Lager hatte. Ich war auf dem Weg zu ihm, denn er war einer der letzten, der Nello vor seinem Verschwinden gesehen hatte. Außerdem war er zweiter Vorsitzender der »Loge«.

Beutelmoser gehörte zu den Literaten, die ihr Geld seit etlichen Jahren damit verdienen, daß sie keine Bücher mehr schreiben. Er las aus seinen alten Texten vor oder verfaßte ab und zu kleinere Geschichten oder Gedichte, die allerdings nicht gedruckt wurden.

Sein letztes größeres Werk hatte er vor 20 Jahren herausgebracht, seitdem befand er sich in einer Schaffenskrise. Um nicht zu verhungern, tingelte er mit seinen Texten durch Schulklassen, Kirchen, politische Talkshows.

Seitdem Bürgerkriege, Hungersnöte, Wirtschaftskrisen und andere Katastrophen allabendlich über die Mattscheibe in die heimischen Wohnstuben eindrangen, war Lazarus Beutelmosers Marktwert angestiegen. Seine Texte handelten von Menschlichkeit, vom Miteinander, von der Solidarität mit Hungernden, Verfolgten und Gefolterten. Sogar die Bierstädter Frauengruppen zahlten manches Mal für seine Dienste, denn er taugte auch als Tröster für geschundene Frauenseelen.

So hielt sich der Mann über Wasser. Seine Werbespots gegen das große Elend in dieser Welt hatten ihm zu Ansehen und Vermögen verholfen. Immerhin gab es für jede schriftstellerische Leistung ein Honorar, egal, ob der Text einmal oder zehnmal gelesen wurde. Seine Zeilen zum Frieden waren so klar und aussagekräftig, daß er nur die jeweiligen Kriegsgebiete austauschen mußte. Bosnien raus, Somalia rein. Somalia raus, Libanon rein.

Ich stand vor seinem Haus, dieser buchstäblich »erlesenen« Jugendstilvilla am Rande des Bierstädter Naherholungsgebietes. Über der Eingangstür hing der Gekreuzigte in Schmiedeeisen. Davor schob ein schläfriger Schäferhund Wache.

»Hallo, Fifi«, sprach ich den Hund an, »ich bin die Tante von der Zeitung. Laß mich mal an den Klingelknopf ran!«

Bei dem Wort »Zeitung« entspannten sich Fifis Gesichtszüge. Er schaute mich freundlich an und legte den Kopf wieder auf die Pfoten. Zeitung — das roch nach Honorar für Herrchen.

»Denkste, Fifi!« sagte ich schadenfroh und schellte. Die Tür wurde geöffnet, und Beutelmoser stand vor mir. Er hinkte nicht, denn beide Beine waren zu kurz. Dafür steckten sie in einer weißen Leinenhose, über der er ein Don-Kosaken-Hemd mit Folklore-Borten trug. Dieses Hemd war ein Geschenk von Boris Jelzin — so war Beutelmoser in unserem Konkurrenz-Blatt nach seiner letzten Moskau-Reise zitiert worden.

Seine großen bernsteinfarbenen Augen hießen mich still willkommen. Ein Schleier des Schmerzes lag über ihnen, als er seufzend sagte: »Mein armer Freund Nello! Ich will Ihnen zur Seite stehen bei der Suche nach seinem armen, von Krankheiten gepeinigten Körper! Betreten Sie bitte mein bescheidenes Haus! Seien Sie mein Gast!«

Alles, was er sagte, war mit einem dicken Ausrufungszeichen versehen. Er sprach nicht, sondern er schleuderte die Worte, die von feinen Speichelfontänen accompagniert wurden, hinaus in die Welt, die damit klarkommen mußte.

Ein Mann des feuchten Wortes, dachte ich und tupfte meine Wangen heimlich mit einem Tempo ab. Irgendwie mußte ich da durch! Und das schnell und möglichst trocken!

Wir erreichten das Wohnzimmer. Brokatvorhänge schluckten das Sonnenlicht, das sich leidlich bemühte einzudringen. Zeitungen und Bücher lagen verstreut auf den altdeutschen Couchsesseln, auf dem eichenen Sideboard tummelte sich eine erkleckliche Zahl von leeren Rotweinflaschen. Eine Alpenlandschaft im Abendlicht prangte in goldenem Rahmen und wies Beutelmoser als Anhänger der traditionellen Malerei aus. Ein kristallener Lüster adelte den Raum.

»Darf ich Ihnen einen kleinen Imbiß reichen?!« unterbrach er meine Milieu-Studien und präsentierte mir stolz ein paar Erdnußflips. Sie hatten ein ähnliches Alter wie die Sessel. Ich winkte ab.

»Der Schmerz über meinen verschwundenen Kollegen läßt mich keinen Bissen runterkriegen«, persiflierte ich seinen Stil. »Darf ich mich setzen?«

Er räumte ein paar Bücher vom Sofa und kam mir dabei wieder gefährlich nahe. Zum Glück sprach er nichts. Alles blieb trocken.

»Sie haben Nello an dem Abend nach Hause gebracht«, begann ich, »ist da noch etwas Besonderes vorgefallen? Hat er noch etwas über den Abend gesagt? Oder ob er vielleicht eine Reise planen würde?«

Beutelmoser überlegte. Seine hohe Denkerstirn mit den grauen Haarresten glänzte. Dann schüttelte er den Kopf.

»Nein! Nello war die Ruhe selbst! Was mich sehr gewundert hat, denn immerhin hatte dieser junge Mann ihn mit einer Waffe bedroht! Nein, er war heiter und gelöst. Wir haben bei mir noch ein Gläschen Roten genossen! Und über die Literatur und meine neuen Projekte gesprochen!«

»Neue Projekte? Wie interessant!« heuchelte ich. Er war eitel, so konnte ich ihn kriegen. Alter Interviewtrick. Schaffe für deinen Gesprächspartner eine angenehme Atmosphäre, dann kannst du alles aus ihm herausholen. Schweinisch, aber hilfreich, und es klappt meistens.

Erfreut hörte ich ihn sagen: »Kommen Sie, ich zeige Ihnen, um was es geht.«

Er erhob sich und trippelte mit seinen kurzen Beinen zu einem kleinen Tisch, der an der Wand lehnte. Dort standen seine gesammelten Werke, die Anordnung erinnerte mich an einen Hausaltar. Nur die Opfergaben davor fehlten. An der Wand über dem Tisch prangten eingerahmte Zeitungsausschnitte und Fotos von seinen Lesungen.

»Hier ist mein neues Gedichtbändchen mit humoristischer Poesie!« erklärte er und reichte mir ein Büchlein mit buntem Einband. »Pflanzen hören dir zu — so der Titel. Ich möchte es Ihnen schenken!«

Ich hoffte, daß mein Lächeln Dankbarkeit ausstrahlte. Ich las den Klappentext: »Lazarus Beutelmoser macht mit Herz und Humor deutlich, wie wichtig die Pflanzenwelt für uns Menschen ist. Ein Büchlein für Menschen von acht bis achtzig.«

»Sehr nett, Herr Beutelmoser«, sagte ich, »vielen Dank.« Auf dem Weg zur Couch las ich das erste Gedicht. Es hatte nur zwölf Zeilen, hieß »Der Fliegenpilz« und ging so:

»Wenn der Pilz ein Messer sieht
und er vor dem Kochtopf flieht
kurz: Wenn es dem Pilze graut
kriegt er eine rote Haut.

Wenn der Schock vorüber ist
sinnt der Pilz nach einer List.
Lädt die Fliegen auf sein Dach
die summen die Würmer wach.

Doch der Mensch, der sich gefreut
auf eine schöne Pilzmahlzeit
sieht den Tanz und kriegt 'nen Schreck:
Ein Fliegenpilz! Dann Finger weg!«

»Hübsch, das Gedicht vom Fliegenpilz«, lobte ich, »zeugt von viel Humor und einer genauen Kenntnis der Abläufe in der Natur.«

Er nahm mein Kompliment gelassen hin.

»Das sind aber nur Kleinigkeiten!« sagte er dann und griff in die Erdnußflips. »Ich habe zur Zeit ein großes Werk in Arbeit. Einen großen Roman. In der Tradition von Döblin und Musil! Eine Beschreibung der Welt, wie sie ist und sie werden könnte! Das Werk schlägt den Bogen von dem grenzenlos egoistischen Individualismus unserer Tage zu einer sich urchristlich zurückbesinnenden Gesellschaft, die Haß durch Liebe ersetzt!«

Sein Gesicht glühte, und vor Aufregung scharrte er mit seinen kurzen Beinen auf dem Teppich.

»Hört sich sensationell an! Hat das Buch denn auch eine Handlung?«

»Der Protagonist ist ein ansehnlicher Mann in den besten Jahren, der mit einer schönen jungen Frau auf einer einsamen Insel die Tage verbringt! Irgendwann bricht er aus, denn auch in diesem Schutzraum ist er nicht sicher vor dem Elend und der Gewalt! Mehr kann und darf ich nicht verraten, sonst ist mein Verleger böse auf mich!«

»Überaus spannend«, log ich, »hat der Held nicht viel Ähnlichkeit mit Ihnen, Herr Beutelmoser? Ich höre da eine Menge Autobiografisches heraus! Ein attraktiver Mann in den besten Jahren und so ...«

Er fühlte sich ertappt und schlug die Augen nieder. Wollte eigentlich schweigen und konnte nicht.

»Sie sind eine sehr sensible Zuhörerin, liebe Freundin! Ja, ich will es gern zugeben, daß dieser Mann Ähnlichkeit mit meiner Person hat!«

»Und die junge Frau? Gibt es die auch?«

Beutelmoser errötete und verschluckte sich an den trockenen Flips. Er hustete.

»Ich kann keine Dame kompromittieren!« wehrte er ab, als er wieder Luft bekam. »Schon gar nicht einer Journalistin gegenüber!«

Ich hatte keine Lust auf Katz-und-Maus-Spiel und stellte kategorisch fest: »Es ist diese junge Schauspielerin Beate Elsermann, nicht wahr? Die Eve aus dem ›Zerbrochnen Krug‹!«

Er nickte und fragte: »Wie sind Sie darauf gekommen?«

»Das war nicht schwierig. Immerhin kennen Sie Frau Elsermann ja schon länger, nicht wahr? Sie ist doch auch Mitglied der ›Loge‹.«

Beutelmoser schwieg verdutzt.

»Ich hoffe, daß Ihr Buch ein Bestseller wird«, wünschte ich ihm, »aber ich muß jetzt los! Wenn Ihnen noch was einfällt oder sich Nello bei Ihnen meldet, sagen Sie mir bitte gleich Bescheid, ja?«

»Gern, liebe Freundin. Darf ich Sie bitten, über mein Projekt zur Zeit noch nichts zu veröffentlichen?«

»Warum sollte ich? Ich bin ja Polizeireporterin. Ich werde den Namen der Dame nicht mit Ihnen oder Ihrem Roman in Verbindung bringen. Ich will nur eins: Prätorius finden! Je länger er verschwunden ist, umso mysteriöser wird die Sache.«

Wir schüttelten uns herzlich die Hände. In der Tür wandte ich mich noch einmal zu ihm um und fragte: »Kann es sein, daß unser gemeinsamer Freund Nello von Prätorius ebenfalls nahe Verbindungen zu Frau Elsermann hatte? Erinnern Sie sich daran, was der Verrückte im Theater behauptet hat? Ihre Geschichte könnte auch sein Roman sein, oder?«

Beutelmoser war bleich geworden. Seine Freundin hatte offensichtlich ein großes Herz, ich mußte dringend mit ihr reden. »War ja nur eine Frage«, sagte ich und ging durch den Vorgarten zu meinem Auto. Fifi begleitete mich galant bis zum Gartentor.

Nichtraucher verschwinden nicht beim Zigarettenholen

Auch in den nächsten Tagen gab es von Nello keine Spur. Ich verfaßte einen Artikel fürs »Bierstädter Tageblatt«, bat ihn, sich zu melden, forderte Zeugen auf, mir etwas über sein Verschwinden mitzuteilen. Ohne Erfolg.

»Es kann doch nicht sein, daß sich ein 95 Kilo schwerer Mann mit ziemlich auffälligem Äußeren in Luft auflöst«, sinnierte ich auf der Redaktionskonferenz, »entweder ist er einem Verbrechen zum Opfer gefallen, oder er erlaubt sich einen Scherz, um auf sich aufmerksam zu machen.« An die letzte Möglichkeit glaubte ich selbst nicht.

»Es gibt Leute, die verschwinden einfach«, meinte der Fotograf, »gehen eben mal Zigaretten holen und kommen nie wieder.«

»Nello raucht nicht«, widersprach ich, »außerdem ist er zu alt und zu krank, um irgendwo ein neues Leben anzufangen. Er hatte sich in Bierstadt ganz gut eingerichtet, war angesehen und hatte sein Auskommen. Die Polizei steht ebenfalls vor einem Rätsel. Kein Unfallverletzter in der Umgebung, keine unbekannte Leiche. Niemand außer uns scheint großes Interesse daran zu haben, daß er wieder auftaucht. Die Vermißtenanzeige hat sein Blatt, das ›Kulturecho‹, gestellt und nicht etwa seine Ex-Frau oder der Sohnemann.«

»Hast du seine Ex schon besucht?« fragte Jansen.

Ich winkte ab. »Noch nicht, ich muß auch noch zu Beate Elsermann. Liegt die nach ihrem getürkten Suizid immer noch in der Klinik?« Meine Frage galt dem Fotografen, der sich nach dem ersten Treffen mit ihr vor Begeisterung kaum hatte halten können.

Doch jetzt war er völlig gleichgültig, zuckte die Schultern und ließ die Mundwinkel fallen. Sein Interesse hatte in den letzten Tagen dem neuen Stürmer des heimischen Fußballvereins gegolten, den er in allen nur möglichen Positionen abgelichtet hatte. Ex und hopp, verwerten und vergessen — das war die Dramaturgie im alltäglichen Journalismus.

»Morgen kriegt ihr die Familiengeschichte des Nello von Prätorius«, versprach ich der Experten-Runde, »ich mache mich auf den Weg zu Anneliese von Prätorius. Ihr Mann hat ihr den Namen ›Vampir‹ gegeben. Wohl wegen der Unterhaltszahlungen, die er leisten mußte. Ich hätte gerne hundert Zeilen auf der Dritten, Platz für das Hochzeitsfoto der beiden, zweispaltig 160 hoch und für ein Porträt von ihr, einspaltig 80 Millimeter.«

»Gebongt!« sagte Jansen. »Du bist dir deiner Sache ja mal wieder sehr sicher. Hoffentlich spricht sie überhaupt mit dir!«

»Bisher hat noch jeder mit mir gesprochen«, prahlte ich, »auch wenn er es sofort danach bereut hat. Meine Überrumpelungstaktik ist genial.«

»Nimm die Frau nicht zu hart ran«, bat Jansen. Er sah mich an, als würde er mich für ein Monster halten, das über Leichen ging. In mir stieg Ärger auf, doch ich unterdrückte ihn. Ich verstand auch nicht, warum ich den Ruf hatte, nicht besonders sensibel zu sein.

Ein trauriger Vampir lügt nicht

Die Frau, die mir die Tür öffnete, sah beileibe nicht wie ein Vampir aus. Sie ging mir gerade bis zur Schulter, war zart und durchsichtig. Ihre Stimme paßte nicht zu dem Körper, denn sie hatte einen tiefen melodischen Klang.

Ich wurde in die gute Stube gebeten. Anneliese von Prätorius ging vor mir her, und ich bemerkte, daß sie das Bein etwas nachzog.

Die Möbel im Zimmer waren antiquarisch auf gehobenem Niveau, nicht dieser Weichholz-Krempel, der von Flohmarkt zu Flohmarkt gekarrt wird, sondern richtig noble Teile.

»Wann haben Sie ihren Mann zum letzten Mal gesehen?« kam ich gleich zur Sache.

Ihre Antwort war prompt. »Bestimmt seit vier Monaten nicht mehr. Ich habe mich allerdings auch nicht um häufige Kontakte bemüht.« Sie sprach ruhig und blickte mich dabei mit einem offenen Blick an. Ihre Haut war wie aus Pergament und wies winzige kleine Fältchen auf. Durch ihre Schlankheit sah sie gut und gern zehn Jahre jünger aus. Sie mußte ungefähr fünfzig sein.

»Haben Sie manchmal miteinander telefoniert?« wollte ich wissen. »Immerhin gibt es ja Ihren Sohn.«

»Nello und Aristide haben sich nie gut verstanden. Je älter Aristide wurde, desto weniger wollte er mit seinem Vater zu tun haben. Ich kann fast sagen, daß zwischen beiden eine unüberwindliche Abneigung bestand.«

»Wie kam das?«

»Nun, Nello ist extrovertiert, und Aristide ist nach mir geraten, ist also eher ruhig und sensibel. Nello kann laut und gewöhnlich sein, mein Sohn dagegen haßt alles Laute und Grelle. Verstehen Sie, was ich sagen will?«

Ich verstand. »Seit wann ist Ihre Ehe geschieden?«

»Fragen Sie lieber, wie lange wir verheiratet waren«, schlug sie vor, »ganze zwei Jahre. Diese zwei Jahre waren allerdings die längsten meines Lebens.«

»Was ist passiert?«

Sie zögerte. Doch dann sagte sie: »Na gut, ich werde es Ihnen erzählen, und Sie können es meinetwegen auch schreiben, denn es ist die Wahrheit. Der größte Schöngeist dieser Stadt, hochgelobt und hochgeehrt, ist ein brutaler Schläger. Und er hat nicht nur mich regelmäßig verprügelt, sondern auch sein kleines Kind.«

»Wirklich? Das ist wirklich kaum zu glauben! Warum hat er das getan?«

»Warum schlagen Männer zu? Als ob immer ein Grund nötig sei. Haben Sie bemerkt, daß ich ein Krüppel bin? Natürlich haben Sie das. Das war Nello. Er hat mich vor zwanzig Jahren die Treppe hinuntergeworfen. Weil das Essen kalt war und das Kind gebrüllt hat. Er ist damals knapp an einer Verurteilung wegen Körperverletzung vorbeigekommen.«

Ihr Gesicht hatte durch die Erinnerung eine rosige Gesichtsfarbe bekommen. Ich zweifelte keinen Augenblick daran, daß sie die Wahrheit sagte. Sie hatte das Weinen schon vor langer Zeit aufgegeben.

»Wie haben Sie beide sich kennengelernt?«

»Im Theater. Ich stand auf der Bühne als Gretchen, und er war bereits ein angesehener Theaterkritiker.«

»Konnten Sie danach wieder spielen?«

»Mit dem Bein?« fragte sie mit Hohn in der Stimme. »Die jugendliche Geliebte, die das Bein nachzieht? Sie machen Witze!«

»Verzeihen Sie, die Frage war töricht. Was macht Ihr Sohn?«

»Er studiert. Ausgerechnet Theaterwissenschaften. Doch er will zum Glück kein Rezensent werden, sondern Dramaturg.«

»Darf ich ein Foto von Ihnen machen?«

»Das möchte ich nicht.«

Ich sah im Geiste Jansens Layout abstürzen. Wenn sie sich jetzt schon sträubte, wie sollte ich nur an das Hochzeitsfoto herankommen?

»Wie hat Nello vor 20 Jahren ausgesehen? Haben Sie Fotos von damals?«

Sie ging zum Schrank und holte einen Ordner heraus. Er war voll mit Zeitungsausschnitten. Sie fand schnell, was sie suchte.

»Hier, das hat damals ein Zeitungsreporter gemacht!«

Ich blickte auf das verblichene Schwarz-Weiß-Foto: Der große, kräftige Nello mit schwarzem, dickem Haar und lachendem, halb geöffnetem Mund hebt eine zierliche, bildhübsche Frau in die Höhe. Seine Hände hat er um ihre Taille gelegt. Er trägt sie wie eine Beute. Er sieht prächtig aus in seinem schwarzen Anzug, und die Lebenslust strahlt aus seinen Augen. Vielleicht auch ein bißchen Rücksichtslosigkeit und eine große Portion Egoismus.

In der Bildunterzeile stand:

Ein schönes Paar gab sich gestern morgen das Ja-Wort. Nello von Prätorius, Kulturredakteur, und die junge Schauspielerin Anneliese Munk, die in der letzten Theaterspielzeit als Gretchen im »Faust« Furore machte.

»Darf ich ein Foto von dem Zeitungsausschnitt machen?«

Sie nickte traurig. Ich knipste. Es würde kein Meisterwerk werden, aber der Fotograf könnte mit Retusche noch etwas Klarheit in die Konturen bringen.

»Warum haben Sie nicht wieder geheiratet?«

»Es hat sich nicht ergeben.«

»Zahlt er wenigstens brav Unterhalt?«

»Nicht brav. Manchmal mußte ich auch die Gerichte bemühen. Dafür hat er mir den Spitznamen ›Vampir‹ verpaßt. Ich wünschte, ich wäre einer, dann hätte ich weniger Probleme.«

»Warum will er nicht zahlen? Hat er so wenig?« Ich wollte testen, ob sie über seine finanziellen Verhältnisse Bescheid wußte.

Es klang ehrlich, als sie sagte: »Ich habe keine Ahnung. Ich weiß nicht, wie er lebt.«

»Wissen Sie, ob er eine Freundin hat?«

»Auch das weiß ich nicht. Ich bin froh, daß ich ihn nicht zu Gesicht bekomme. Die wenigen Male, die wir uns nach der Trennung gesehen haben, bestanden aus minutenlangen Monologen über die eigene Wichtigkeit und die Genialität seiner Artikel. Nello hat sich in seinem ganzen Leben niemals wirklich für einen anderen Menschen interessiert. Auch nicht für seinen Sohn. Die Welt hat sich gefälligst um ihn zu drehen!«

»Sagt Ihnen der Name ›Loge‹ etwas?«

»Ja, natürlich. Das ist dieser Verein, der einmal im Jahr den Opernball veranstaltet. Nello ist dort Mitglied.«

»Was tun Sie, wenn Nello nie wieder auftaucht?«

Der Gedanke erschreckte sie nicht. »Dann gehe ich zum Sozialamt. Die kennen meinen Fall und seine Zahlungsmoral. Die mußten schon öfter mal einspringen. Ich habe noch ein paar Mark auf dem Konto. Wenn die verbraucht sind, tauge ich vielleicht noch als Putzfrau!«

Die Bitterkeit in ihrer Stimme machte mich betroffen. »Sie bekommen ein Honorar von meiner Zeitung«, log ich, »geben Sie mir doch Ihre Kontonummer!«

Sie schrieb sie auf einen Zettel. Peter Jansen hatte eine Kasse für solche Fälle. Er mußte etwas Geld für die arme Frau locker machen. Hoffentlich zieht er mir die Mäuse nicht von meinem Honorar ab, wünschte ich mir.

Als sie mir das Papier reichte, merkte ich, daß sie sich schämte. Nello hatte diese Frau ruiniert. Und ich hatte ihn bisher für einen lieben, alten, originellen Zausel gehalten, der gerne Schauspieler und Regisseure piesackt. Das Bild in meinem Kopf war gründlich zerstört worden.

Ein Foto für Mama Grappa

Der Weg in Beate Elsermanns Krankenzimmer war steinig. Die Dame hatte viel zu tun, denn die Protagonisten der gesammelten Blut-und-Sperma-Presse der Republik hatten sie zu ihrem Objekt auserkoren. Und ich mittendrin.

»Frau Elsermann empfängt heute keine Besucher mehr!« teilte mir die Dame an der Pforte mit. Ich mußte mir etwas einfallen lassen.

Im Foyer ließ ich mich in ein Sofa fallen und beobachtete die Treppe. Ich kannte die Kollegen, die dort mit Kamera und Block die Treppe herunterkamen und überaus zufriedene Gesichter machten. Sie arbeiteten für ein Boulevard-Blatt.

Die Elsermann nahm mit, was sie kriegen konnte. Ruhm, oder das, was sie dafür hielt, und natürlich Geld für Fotos und Interviews. Ich hatte nicht die geringste Lust, ihr mein sauer verdientes Zeilengeld in den Rachen zu werfen, denn das »Tageblatt« zahlte nicht für Interviews.

Meine Improvisation und Kreativität waren gefragt. Jansens Bedenken über meine manchmal unkonventionellen Recherchemethoden vergaß ich schnell. Besondere Situationen erfordern außergewöhnliche Maßnahmen, tröstete ich mich.

Ich ging in ein Bekleidungsgeschäft in der Nähe der Klinik und kaufte mir einen weißen Kittel. Die Pforte war kein Problem mehr für mich, mein Outfit öffnete mir alle Türen.

Auf den Fluren salutierten die Krankenpfleger. Im dritten Stock war die Innere Abteilung. Jetzt mußte ich nur noch rauskriegen, wo sie lag.

Ich schlenderte über den Flur und beobachtete die Türen. Der Erfolg kam schnell, als ein Berufskollege aus einem Krankenzimmer trat. Ich schlüpfte hinein.

»Jetzt ist Schluß, meine Herren«, nörgelte ich genervt, »alle raus hier! Die Patientin braucht Ruhe. Außerdem muß ich sie untersuchen!«

Murrend räumte der Reporter den Platz auf der Bettkante der »Kranken«, sein Fotograf betätigte noch ein paar Mal das Blitzlicht, und Beate Elsermann schloß die beiden oberen Knöpfe ihres seidenen Nachthemdes.

»Wird's bald!« drängelte ich. Ich hatte wenig Zeit, denn meine Maskerade würde keiner näheren Überprüfung standhalten. Die beiden trollten sich schließlich.

»Ich bin die neue Stationsärztin«, schwindelte ich, »wie geht es uns denn heute?« Ich bemühte mich um den Samariterton, den ich aus einschlägigen Ärzteserien kannte.

»Alles läuft super!« strahlte sie mich an. »Ich habe gerade einen Vertrag mit einem Herrenmagazin abgeschlossen. Eine ganze Fotoserie! Wenn ich hier raus bin, mache ich sofort die Studiotermine.«

»Da müssen wir aber noch etwas aufgepäppelt werden!« sagte ich mütterlich. »Haben wir denn heute schon unsere Pillen genommen?« Sie nickte und wollte zur Zigarettenschachtel greifen, doch ich war schneller.

»Aber, aber!« tadelte ich. »Rauchen im Krankenzimmer, wo gibt es denn sowas? Wir wollen doch keinen Rückfall erleiden.«

Sie schmollte. Ich betrachtete sie. Als naive Eve im »Zerbrochnen Krug« war sie wahrlich eine eklatante Fehlbesetzung, da hatte Nello von Prätorius recht. In ihrem noch jungen Gesicht war soviel grelle Lebensgier, daß mich fröstelte. Die Frau war aus Stahl, der den Anstrich von schwarzem Samt trug. Ihre Augen waren dunkel und etwas schräg gestellt, ihre Nase hatte einen kurzen breiten Rücken, die Oberlippe war leicht aufgeworfen. Der Mund war groß und leicht geöffnet, so daß die kleinen weißen Zähne durchschimmerten.

»Ich soll Sie schön von Herrn Beutelmoser grüßen«, lächelte ich. »Er wünscht Ihnen alles Gute!«

Sie verstand nicht und machte ein verblüfftes Gesicht.

»Ich kenne keinen Beutelmoser!« sagte sie dann. »Wer soll das sein?«

»Ein Schriftsteller. Lazarus Beutelmoser! Er hat mir selbst erzählt, daß er Sie näher kennt.«

»Ich kann mich nicht an ihn erinnern.«

»Er ist doch genau wie Sie Mitglied in diesem Verein, wie heißt er doch gleich?«

Sie schüttelte den Kopf. »Ich kenne diesen Beutelmann nicht.«

»Beutelmoser«, korrigierte ich, »Lazarus. Er schreibt Bücher. Er ist ein Freund dieses Kritikers Nello von Prätorius. Der, der verschwunden ist. Den kennen Sie aber doch, oder?«

»Ja natürlich, den kenne ich. Jeder Schauspieler kennt den, und ich kann nicht sagen, daß der Herr besonders beliebt ist. Deshalb befindet er sich vermutlich auch in Schwierigkeiten. Was interessieren Sie sich eigentlich dafür? Ich dachte, Sie wollen mich untersuchen! Sie sind doch Ärztin?«

»Natürlich«, beruhigte ich sie, »doch man trifft in meinem Job nicht alle Tage eine solch berühmte Frau wie Sie! Ich habe in der Zeitung einiges über Sie gelesen. Dieser junge Mann mit der Pistole, traurig und romantisch zugleich. Hat er Sie sehr geliebt?«

»Kann sein!« Ihr Interesse an der Frage hielt sich in engen Grenzen. Sie war mißtrauisch geworden, das machte sie einsilbig. Ich mußte sie durch ständiges Plappern einlullen.

»Eine Story wie im ganz großen Film! Er hat aus Liebe zu Ihnen seine Karriere ruiniert! Tut Ihnen das nicht irgendwie leid?«

Sie schenkte mir ein müdes Lächeln und fing an, ihre Fingernägel zu feilen. Der Nagellack stand griffbereit auf dem Nachttisch — ein dunkles blutiges Rot.

»Warum soll mir das leid tun? Das ist bestimmt nicht mein Problem! Ich bin für einen Verrückten nicht verantwortlich. Ich war ein paar Mal mit ihm essen und so.«

Was »und so« bedeutete, verriet sie nicht, aber ich konnte es mir denken.

»Warum hat er im Theater diesen Kritiker bedroht?«

»Woher soll ich das wissen? Vermutlich wollte er ihn so überreden, positiv über mich zu schreiben. Schließlich war die Eve meine erste große Theaterrolle. Aber — zum Glück hat sich das Blatt gewendet. Der Skandal wird mir beruflich sehr viel weiterhelfen. Ich werde vielleicht eine Rolle in einer Fernsehserie bekommen! 25 Folgen in der ›Traumschiff‹-Serie mit Sascha Hehn! Zwölf Monate Dreharbeiten in den schönsten Urlaubsländern dieser Erde! Da pfeife ich auf diese dämlichen Klassiker mit ihren dämlichen Inhalten! Und erst recht auf dieses dämliche Publikum in dieser blöden Provinzstadt!«

Sie begann den Nagellack zu schütteln. »Moment!« rief ich. Dann setzte ich mich auf die Bettkante und nahm ihren Arm. »Bevor Sie mit den Lackarbeiten beginnen, wollen wir mal nach Ihrem Puls schauen!« Ich umklammerte ihr Handgelenk und guckte auf die Uhr. Der Zeiger bewegte sich wie immer. Von Pulsschlägen merkte ich nichts. Vermutlich hat sie gar kein Herz, fiel mir ein, nur hat es noch niemand bemerkt.

»Glauben Sie, daß dieser Anwalt etwas mit dem Verschwinden des Kritikers zu tun haben könnte?«

»Quatsch«, meinte sie abwartend, »erstens ist er sofort verhaftet worden, zweitens könnte er in Wirklichkeit keiner Fliege was zuleide tun.«

»Vielleicht hat er Hintermänner?«

»Und wo sollen die sitzen? In der Anwaltskammer? Nein, Boris hatte überhaupt keine Freunde, das war ja sein Problem. Aber als Anwalt war er nicht schlecht. Aber — warum erzähle ich Ihnen das alles? Sie sind doch keine Ärztin, oder? Sind Sie von der Polizei oder so?«

»Natürlich bin ich Ärztin. Fragen Sie doch den Chefarzt. Sehen Sie denn nicht meinen weißen Kittel?«

Das Argument beruhigte sie.

»Ihr Puls ist in Ordnung«, stellte ich fest, »jetzt dürfen Sie eine rauchen!«

Ich reichte ihr die Schachtel zurück, und sie griff gierig danach. Als der Brennstab qualmte, hüpfte sie behende aus dem Bett ins Bad und kam mit einem Piccolo zurück.

»Für den Kreislauf!« lachte sie. Sogar ein langstieliges Glas hatte sie im Nachttisch deponiert. Der Sekt perlte. Das Nasse war nach Sekunden verschwunden.

»Das tut guuut!« jubelte sie und leckte sich die Lippen. Die kleinen Raubtierzähne blitzten.

Ein schönes Foto wäre das, träumte ich vor mich hin. Ein junger kranker Mensch, dem »Schnitter Tod« soeben von der Sense gehüpft. Der Fotoapparat wartete schußfertig in meiner Arztkitteltasche.

»Ein Bildchen für meine alte Mutter!« rief ich begeistert aus. »Bitte lächeln! Ja, sooo ist guut! Das Sektglas bitte vom rechten Auge weg, und die Zigarette schön im Mundwinkel lassen. Und den Rauch in meine Richtung blasen! Ja, prima! Vielen Dank, Frau Elsermann. Meine Mutter wird sich über das Foto freuen!«

Ich verstaute die Kamera, entschuldigte mich insgeheim bei Mama für meine dreiste Lüge und bat den Gott aller seriösen Journalisten um Verzeihung. Dann fing ich an, den geordneten Rückzug vorzubereiten, denn draußen auf dem Flur kam Unruhe auf.

Die Tür zum Krankenzimmer öffnete sich. Eine mittelalte und mittelschwere Häubchenträgerin schob ihre flachen Schuhe über den gewienerten Boden. Ihre Stimme strotzte vor ungebrochener Einsatzfreude und wilder Entschlossenheit, als sie sagte: »So, da wollen wir mal den Puls fühlen, Frau Elsermann!«

Richter Adam in neuer Besetzung

Sprich, Evchen, hörst du, sprich jetzt, Jungfer Evchen!
Gib Gotte, hörst du, Herzchen, gib, mein Seel,
Ihm und der Welt, gib ihm was von der Wahrheit.
Denk, daß du hier vor Gottes Richtstuhl bist,
Und daß du deinen Richter nicht mit Leugnen
Und Plappern, was zur Sache nicht gehört,
Betrüben mußt. Ach, was! Du bist vernünftig.
Ein Richter immer, weißt du, ist ein Richter,
Und einer braucht ihn heut, und einer morgen.

Nello von Prätorius stand in einem schlecht ausgeleuchteten Raum. Er hielt sich an einem Stuhl fest, das Aufrechtstehen bereitete ihm sichtlich Mühe. Seine weißen dicken Haare hingen kraftlos und strähnig herunter, seine Stimme hatte nicht den sonoren kraftvollen Klang, der sie zu etwas Unverwechselbarem mache. Sie war heiser und voller Angst.

»Noch einmal«, forderte eine Stimme im Hintergrund, »und bitte mit mehr Inbrunst. So, wie Sie es als Kritiker von einem Schauspieler verlangen würden!«

Nello setzte wieder an, doch er war mit seinen Kräften am Ende. Mehr als ein Krächzen brachte er nicht zustande. Weinend fiel er auf den Stuhl. Die Kamera näherte sich dem Bild des Jammers genüßlich.

Eine Person trat ins Bild. Sie war nur von hinten zu sehen, der Kopf war mit einem dieser weiß-blauen Tücher verhüllt, die die Palästinenser tragen.

»Hier ist Ihr Stock«, sprach der Mann mit strenger Stimme, »und jetzt stellen Sie sich hin, und auf geht's. Das bißchen Text werden Sie ja wohl noch schaffen. Wie haben Sie über die Aufführung geschrieben? ›Üben, üben, üben — sollen diese Dilettanten der Bühnen‹. Also üben Sie! Erfüllen Sie Ihren eigenen Anspruch!«

Nello rappelte sich hoch und stützte sich auf seinen Spazierstock. Der silberne Entenkopf glänzte höhnisch in dem wenigen Licht.

Sprich, Evchen, hörst du, sprich jetzt Jungfer Evchen!
Gib Gotte, hörst du, Herzchen, gib, mein Seel,
Ihm und der Welt, gib ihm was von der Wahrheit.

Nello brach zusammen. Sein Körper wurde von Weinkrämpfen geschüttelt. Es reichte mir. Ich drückte die Vorlauftaste, um ans Ende zu kommen. Das Bild verschwand. Ich betätigte die Stop-Taste meines Video-Rekorders und wählte die Nummer der Redaktion.

»Ich habe eine Spur von Prätorius. Er ist entführt worden. Jemand hat mir anonym eine Video-Kassette zugeschickt.«

Die Hauptdarsteller betreten die Bühne

Die Polizei bildete eine Sonderkommission. Doch auch die geschulten Beamten konnten die Video-Kassette noch so oft abspielen, das Ergebnis blieb dasselbe: Weder der Raum, in dem Prätorius festgehalten wurde, noch der Mann, der die Regieanweisungen gab, waren zu identifizieren. Alle standen vor einem Rätsel.

Die Kripo vernahm Schauspieler, die in der Vergangenheit besonders unter Nellos hämischer Kritik gelitten hatten — ohne Ergebnis. Die wenigen Freunde, die er hatte, konnten ebensowenig Hinweise auf die Entführer geben wie seine Feinde.

Mich bewegte in diesem Chaos aus ernsthaften Ermittlungen, wilden Gerüchten und gewagten Ursachenforschungen eine ganz profane Frage, auf die noch niemand gekommen war: Warum schwieg Gallo Pinto?

Er hatte keine Zeile mehr von sich gegeben, seitdem sein Kontrahent von der Bildfläche verschwunden war! Die Zeitschrift »Melpomene«, für die er schrieb, schien ihre Existenz mit Nellos Verschwinden beendet zu haben.

Ich ging ins Archiv und fischte mir eine alte Ausgabe heraus. Kein Heft für mich. Bleiwüsten, durchbrochen von schlecht gestalteten Überschriften. Ab und zu ein Schwarz-Weiß-Foto von Opernszenen oder Theaterinszenierungen. Porträts von korpulenten Sängerinnen der fünfziger Jahre, bei denen die Spachtelmasse im Gesicht verhinderte, daß sich die Haut altersgerecht entspannen konnte.

Im Impressum war kein Name, sondern nur eine Adresse angegeben, presserechtlich eigentlich nicht möglich. Aber niemandem schien es bisher aufgefallen zu sein. Nachdenklich ging ich in die Redaktion zurück.

»Bist du endlich soweit?« fragte Jansen, der auf meine 300 Zeilen wartete. Ich nickte und ließ sie ausdrucken. Die Story gefiel mir. Endlich war es vorbei mit dem Gesülze von schlechten Ehen, wunderschönen, aber verdorbenen Schauspielerinnen, ausgerasteten Liebhabern oder speichelsprühenden Lustgreisen. Sie alle rückten in den Hintergrund, weil die wirklichen Hauptdarsteller dieses Dramas auf der Bühne erschienen waren. Und die bestimmten jetzt den Ablauf und gaben die Regieanweisungen. Es kam Drive in die Aufführung.

»Sehr schön«, lobte Jansen mein Manuskript, »die Kidnapper als Rächer der kleinen Looser, die den arroganten Kritiker so auf sich selbst reduzieren, daß er nur noch ein armseliges Würstchen ist. Grausam, aber spannend! So herzlos wie die böse Welt, in der wir leben müssen!«

»Ach weißt du, Peter«, sinnierte ich mit der müden, aber doch zufriedenen Erschlaffung eines Menschen, der sich gerade geistig verausgabt hat, »es gehört verdammt wenig dazu, ein Großmaul zum Wurm zu machen. Nimm einem Kurzsichtigen die Brille weg, zieh einem Macho ein Dirndl an oder laß den armen Nello eine Theaterszene rezitieren — da geht die Contenance blitzartig flöten! Der Mensch ist ein armseliges Stück Natur, aufgeschmissen ohne innere und äußere Hilfsmittel. Es ist eine Welt der Illusionen, in der wir unsere Zeit verbringen.«

Ich lauschte dem Klang meiner Worte und fand sie wunderbar. In den 300 Zeilen steckte meine gesammelte Sensibilität, gepaart mit harter Recherche, scharfem Verstand und wunderbaren Formulierungen. Ich hatte plötzlich Sehnsucht danach, auch einmal über die schönen Dinge der Welt so ausführlich zu schreiben, statt mich in Verbrechen und Gewalttaten zu tummeln. Die Menschen sollten künftig durch mich nicht nur informiert und unterhalten werden, nein, ich wollte sie auch einmal beglücken. Ich bekam so selten Gelegenheit, Gutes zu tun.

»Grappa-Mäuschen, du hast wieder diesen träumerischen Blick! Denkst du wieder über die vielen geschundenen Menschen dieser Welt nach? Laß es, es steht dir nicht! Es muß auch Leute geben, deren Leben ohne gute Taten sinnlos verstreicht. Ich glaube, du brauchst umgehend einen Sekt!« lachte Jansen gutgelaunt und hatte die Flasche schon in der Hand. Er schenkte zwei Gläser ein, und wir ließen sie klingen.

»Wir liegen jedenfalls weit vor der Konkurrenz!« freute er sich. »Warum nur haben die Kidnapper ausgerechnet dir das Video geschickt?«

»Wem sollten sie es sonst schicken? Immerhin bin ich die Polizeireporterin eines angesehenen Bierstädter Blattes! Wieviel wäre es dir denn nun wert, wenn ich rauskriege, wer die Entführer sind — natürlich vor der Polizei!«

»Eben noch bist du knapp am Kloster vorbeigeschrappt und nun das! Wenn du nur nicht geldgierig wärst!« Er präsentierte mir seine Ach-unserer-Zeitung-geht's-so-schlecht-Miene.

»Nun sag schon!«

»Nochmal 1000 Mark oben drauf. Ist das okay?«

»Bei der ›Bild‹ könnte ich mehr kriegen.«

»Ich weiß«, meinte er unbeeindruckt, »doch da hast du kaum Einfluß darauf, wie deine Story vermarktet wird und wie sie wirklich im Blatt erscheint. Und dein Name steht drüber, dann kannst du dich in deinem linksintellektuellen Bekanntenkreis nicht mehr sehen lassen. Du hast die Wahl! Mitbestimmung oder Leibeigenschaft?«

»Geizkragen!«

»Also?«

»1500 Schleifen!«

»1200. Mehr ist nicht drin.«

»Okay. Weil du es bist!«

»Ich glaube, wir müssen dich wieder fest anstellen, da kamst du uns billiger!«

»Das fehlte noch. Kleingärtnerleid und Frauenunion, Töpfermarkt und Ortsversammlung. Das erste Baby im Neuen Jahr und der Giraffennachwuchs im Zoo. No, Sir!!«

Ein schwarzer Kater und die Tochter des Zeus

Das Haus im Bierstädter Norden stand unmittelbar vor seinem Zusammenbruch. Die Tür war nicht verschlossen. Ich drückte sie auf und blickte geradewegs in einen Hinterhof. Erstmal die Lage peilen, dachte ich und ging durch in den Hof.

Ein verwildertes Fleckchen Land empfing mich, hoch umzäunt von baufälligen Gebäuden. Ein paar Geranien bettelten um Wasser, und ein dicker, schwarzer Kater sonnte sich in gebührendem Abstand vom Boden auf einer Backsteinmauer.

»Hallo, Kater«, begrüßte ich ihn artig, »hast du Gallo Pinto gerade gefressen, oder bist du es selbst?« Seine grünen Augen sprühten Verachtung, er stand auf, lief mit hochgestelltem Schwanz in die Gegenrichtung und zeigte mir seinen Hintern.

»Du mich auch!« rief ich ihm hinterher.

»Redaktionskollektiv Melpomene« stand auf dem verblichenen Schild vor der Tür im ersten Stock. Ich versuchte, die Tür aufzudrücken, doch sie war natürlich verschlossen. Immerhin wußte ich schon, daß die Zeitschrift von einem Kollektiv herausgegeben wurde. Einbruch war leider keine meiner Lieblingsbeschäftigungen, weil nervenaufreibend und etwas verboten.

Ich trat auf die Straße zurück und betrachtete das Klingelbrett. Ausländische Namen türkischer und polnischer Provenienz.

Ich überlegte gerade, welchen Hausbewohner ich mit meinen Fragen nerven sollte, als mir ein Mann entgegenschlurfte.

»Guten Tag«, begrüßte ich ihn, »ich wollte zu den Zeitungsleuten im ersten Stock. Bin hierher bestellt worden, aber es macht niemand auf! Wann kommen die denn immer?«

»Weiß nicht«, brabbelte der Alte, »keine festen Zeiten haben die. Aber ich hab eine Telefonnummer, falls jemand nachfragt.«

»Kann ich die haben?«

»Moment.« Er ging in seine Bude zurück und kam nach einer Weile mit einem abgerissenen Zeitungsblattrand zurück, auf den er eine sechsstellige Ziffer gekritzelt hatte.

Meine Neugier war so groß, daß ich die nächste Telefonzelle ansteuerte. Ich wählte. Das Freizeichen ging einige Male durch die Leitung, dann sagte eine weibliche Stimme: »Hallo?«

»Ich suche jemanden von der Zeitschrift ›Melpomene‹«, sagte ich, »bin ich da bei Ihnen richtig?«

»Ich weiß nicht, wovon Sie reden. Der Name ›Melpomene‹ sagt mir gar nichts. Sie müssen sich verwählt haben!« Sie legte auf.

Merkwürdig! Die Frau wußte genau, wie sich die Tochter des Zeus, die Muse »Melpomene« aussprach. Ich hatte den Namen absichtlich auf der falschen Silbe betont. Ich schlug im Telefonbuch unter dem Buchstaben »V« nach. Von Prätorius — Anneliese. Die Telefonnummer stimmte mit der auf dem Zettel überein.

Auch Studenten wollen ihren Spaß haben

»Ein Studentenulk«, behauptete sie, »nur ein großer Spaß, um den feinsinnigen Nello von Prätorius lächerlich zu machen, ihn in seiner ganzen Überheblichkeit vorzuführen.«

»Wer hat die Kritiken geschrieben? Wer ist denn nur dieser verdammte Gallo Pinto?«

Anneliese von Prätorius hatte ihr Opferhaltung abgelegt und wirkte plötzlich wie eine Frau, die ihre Pläne überlegt durchführt.

In dieser miesen Schmierentragödie spielt aber auch jeder eine Rolle, dachte ich bitter, alle lügen und betrügen, sind nicht das, was sie vorgeben zu sein.

Wenigstens ich wollte möglichst ehrlich bleiben, auch wenn die Nummer mit dem Arzt-Trick und dem weißen Kittel hart am Rande gewesen war.

»Wer ist dieser Gallo? Nun reden Sie schon!«

»Mein Sohn Aristide. Sie wissen doch, daß er Theaterwissenschaft studiert. Nellos Häme brachte ihn auf die Idee, es ihm heimzuzahlen. Mit der eigenen Waffe, dem Wort. Seine Kommilitonen haben mitgeholfen.«

»Eine Studenten-Gruppe hat Bierstadt jahrelang zum Narren gehalten?«

»So ist es. Es gibt in der theaterwissenschaftlichen Fakultät eine Gruppe, die sich ›Autonome Kulturarbeiter‹ nennt. Aristide ist dort Mitglied, und so wurde aus einer Idee ein richtiges Projekt.«

»Wieviel Leute sind das?«

»Zehn bis fünfzehn.«

»Wer hat den Druck der ›Melpomene‹ bezahlt?«

»Ich habe etwas Geld gegeben, die Studenten ebenfalls. Es war kein großer finanzieller Aufwand. Ich spreche ab und zu Werbespots oder Nachrichten im Lokalradio. Für Aristide war es eine gute Übung. So hat er nicht nur Schreiben gelernt, sondern auch noch die schlechten Erinnerungen an seinen Vater verarbeitet. Zum Schluß hatte das Heft sogar über 1000 Abonnenten. Wo also liegt Ihrer Meinung nach das Vergehen?«

Da hatte sie recht. Juristisch war alles in Ordnung. Jeder kann eine Zeitschrift herausgeben, wenn er das Geld dafür hat. Pressefreiheit heißt das Zauberwort.

»Haben die Studenten auch etwas mit Nellos Entführung zu tun? Ebenfalls ein kleiner Studentenulk, oder was?«

»Natürlich nicht! Sie glauben doch nicht im Ernst, daß mein Sohn seinen Vater ... Nein, das ist absurd.«

»Das würde aber gut ins Bild passen. Und wäre auch logisch. Dem verhaßten bürgerlichen Kritiker mal zeigen, wie schwer es ist, eine Rolle auswendig zu lernen. Ihn seiner Würde zu berauben. Ihm seine bildungsbürgerlichen Wertmaßstäbe auszutreiben! Wo halten die Ihren Mann gefangen? Nun reden Sie schon!«

Ich hatte sie am Arm genommen und geschüttelt. Sie schlug meine Hand weg und schrie ärgerlich: »Ich weiß nicht, was Sie von mir wollen, Frau Grappa! Ich habe Ihnen alles erzählt, was ich weiß. Und ich habe stundenlang bei der Polizei gesessen und konnte dort auch nichts sagen. Weil ich nichts weiß. Damit basta!«

Ich hatte sie nicht für einen Moment wirklich aus der Ruhe gebracht. Immerhin war sie ja Schauspielerin.

»Wann kommt Ihr Sohn nach Hause?«

»Ich weiß es nicht. Er ist erwachsen, auf seine Mutter nicht angewiesen und auch keine Rechenschaft schuldig. Er kann Ihnen auch nichts sagen. Gehen Sie jetzt bitte, Frau Grappa!«

»Sie wissen, daß ich Gallo Pinto in der Morgenausgabe entlarven werde?«

Sie zuckte die Schultern. »Na und? Tun Sie nur, was Sie nicht lassen können! Ich habe keinerlei Probleme damit. Ganz Bierstadt wird sich darüber kaputtlachen, daß ein paar kleine Studenten seit Jahren die Kultur dieser Stadt lächerlich gemacht haben!«

Damit könnte sie recht haben. Es wurde Zeit, daß Nello wieder auftauchte. Damit der Spuk ein Ende hätte. Doch mein Gefühl sagte mir, daß Nello seine Abschiedsvorstellung für dieses Leben in einem dunklen Raum gegeben hatte, eingesperrt wie ein Tier.

Kein Ort zum Sterben

Der Polizeifunk meldete den Fund einer männlichen Leiche auf der Bierstädter Müllhalde. Der »erste Augenschein« — so der Beamte über Funk — spreche dafür, daß es sich um den verschwundenen Bierstädter Bürger Nello von Prätorius handeln könnte. Ich schaltete das Radio aus und startete mein Auto.

»Hallo, Jungs!« sagte ich zu den Polizeibeamten, die den Fundort absicherten. Ich zeigte ihnen flüchtig meinen Presseausweis und die Durchfahrtsgenehmigung des Polizeipräsidenten.

»Wo liegt der Tote?«

Meine Stimme sollte cool und geschäftsmäßig klingen, doch mein Herz klopfte bis zum Hals. Die beiden Grünröcke zeigten sich weder von den Papieren, noch von meiner kumpelhaften Anrede beeindruckt.

»Sie können hier nicht durch!« sagte einer und stellte sich vor mich.

»Ich bin von der Zeitung!« meinte ich entrüstet. »Ich will nur einen Blick auf die Leiche werfen, das ist alles! Also stellen Sie sich nicht so an!«

»Rein dürfen Sie nicht. Sie müssen hinter dem Zaun bleiben«, lenkte der zweite ein, »gehen Sie dort entlang! Nach etwa 200 Metern können Sie ihn sehen.«

Ich schlenderte am Maschendrahtzaun entlang. Der Gestank der Abfälle nahm mir fast den Atem. Hinter der Absperrung türmte sich der Müll haushoch. Er war bereits durchwühlt von Ratten oder anderem Getier.

Die Sonne knallte auf den Abfall, und Dämpfe stiegen empor. War das der Ort, an dem Nello von Prätorius seine letzten Atemzüge getan hatte?

Hoffentlich ist er es nicht, sondern ein anderer, der dort liegt, wünschte ich mir. Ich versuchte innerlich locker zu bleiben, doch ich merkte, wie mir das Grauen langsam die Wirbelsäule hinaufkroch, mein Herz einschloß und meine Kehle zudrückte.

Zögernd ging ich weiter. Noch immer konnte ich in dem bunten und stinkenden Gewühl keinen Toten erkennen. Ich stolperte automatisch weiter, die Fotokamera schußbereit. Es war so schrecklich, ich kam mir vor wie ein ferngesteuerter Zombie.

Dann sah ich ihn. Der mächtige Körper lag verdreht am Fuße eines Müllberges. Der Unterleib war halb bedeckt mit Orangenschalen, alten Konservendosen und etwas Bauschutt. Das Gesicht lag frei. Es war kaum noch zu erkennen.

Mir wurde übel, doch ich konnte mich von dem Anblick nicht losreißen. Schluchzen würgte in meinem Hals.

Das weiße Haar war grau und schmutzig und von Blut schwarz verkrustet. Der weiße Schal schien unbefleckt.

Plötzlich kam Wind auf. Eine Möwe schrie in der Luft. Es klang nach Protest. Sie landete auf dem Kopf der Leiche und hackte in der Augenhöhle nach Futter. Die zweite kam und machte sich über die Fleischfetzen her, die einmal eine Wange gewesen waren. Ich hob die Kamera, sah zu, daß ich die Vögel in die Mitte des Bildes bekam, und drückte ab. Es war der Reflex eines Journalisten, der keine Skrupel hat und für den die Verkäuflichkeit seines Produktes an allererster Stelle steht. Nellos Gesichtsausdruck spie mir durch den Sucher Verachtung und Schmerz entgegen, so schien es mir.

Als ich begriff, was ich gerade getan hatte, schrie ich auf. Die Möwen ließen ihre Beute liegen und erhoben sich in die Lüfte. Ich öffnete das Kameragehäuse und riß den Film heraus. Dann machte mein Magen schlapp. Ich übergab mich.

Tag der Tränen, Tag der Wehen

Unter großer Anteilnahme der Bürger wurde Nellos Leichnam fünf Tage später beigesetzt. Doch Nello wäre nicht er selbst gewesen, wäre er ohne vernünftige Inszenierung von uns gegangen.

Der Tote hatte testamentarisch verfügt, daß sein alter Freund Lazarus Beutelmoser die Grabrede halten sollte. Nicht schreiben, sondern nur halten. Nello Prätorius hatte die eigene Grabrede bereits vor einigen Monaten verfaßt und bei einem Anwalt hinterlegt. Bierstadt hatte eine weitere Sensation. Ein Toter, der sich selbst von der Welt verabschiedet.

So standen sie alle um sein Grab herum, und die Neugier ersetzte die Trauer. Fernsehteams und Fotografen fieberten ihrem Einsatz entgegen.

Ich blickte mich um. Alle waren sie da. Kollegen aller Bierstädter Blätter, Kulturbeamte, Schauspieler und die »Logen«-Brüder Feudel und Pistor, die eine sehr traurig aussehende Beate Elsermann in ihrer Mitte hatten. Sie sah in ihrem engen schwarzen Samtkostüm hinreißend aus. Feudels ewiges Lächeln wirkte noch deplazierter als sonst.

Etwas im Hintergrund standen Kulturdezernent Höfnagel und Feudels Leibwächter. Sogar Schauspieldirektor Cäsar Knulp, der Nello sicherlich die Pest an den Hals gewünscht hatte, war gekommen. Versöhnung am Grab.

Ich schlenderte in eine andere Richtung. Auch Anneliese von Prätorius gab ihrem Ex-Mann die letzte Ehre. Der blasse zarte Junge neben ihr mußte Aristide sein. Beide machten eher neutrale Gesichter.

Das für diesen Anlaß verkleinerte Philharmonische Orchester begann zu spielen. Ich erkannte das Werk, es war das »Lacrimosa« aus Mozarts »Requiem«. Das letzte Stück, das Mozart komponiert hatte, bevor er starb. Voll von trauriger Schönheit und erhabener Größe.

»Lacrimosa dies illa«, intonierte der Bierstädter Opernchor, »qua resurget ex favilla, judicandus homo reus.« Tag der Tränen, Tag der Wehen, da vom Grabe wird erstehen zum Gericht der Mensch voll Sünden.

Die ersten Schluchzer wogten über die Trauergemeinde. Nasen wurden geschneuzt und Papiertaschentücher geknüllt. Die Musik ebbte ab, die letzten Töne schwebten über den Grabmalen in das lichte Blau des Himmels.

Feudel hinderte seinen hellblonden Leibwächter gerade noch rechtzeitig daran, dem Orchester zu applaudieren. Beate Elsermann liefen die Tränen über das wasserfest geschminkte Gesicht, und Höfnagel kniff mir ein Auge zu.

Ich suchte die Witwe. Sie hatte ihren Kopf an die Schulter ihres Sohnes gelegt. Aristide von Prätorius hatte die Hand seiner Mutter ergriffen. Er hatte wache Augen, die auf einen scharfen Verstand hindeuteten. Knapp über 20.

Die abschätzig heruntergezogenen Mundwinkel ließen vermuten, was er von dieser Veranstaltung hielt.

Du bist so einer, der wild leben und jung sterben will, sinnierte ich, doch um zu wissen, wie du das anstellst, fehlen dir noch ein paar Jährchen. Die Entführung des eigenen Vaters paßt für mich noch immer ins Bild, doch einen Vatermord traue ich dir nicht zu. Nein, die Sache mußte anders gelaufen sein.

»Ich bin Maria Grappa«, raunte ich ihm zu, »ich weiß, daß Sie und Ihre Kommilitonen die Entführung inszeniert haben. Sie haben mir auch das Video-Band zugeschickt. Können wir nach dieser Veranstaltung hier reden?«

»Ich weiß nicht, warum Sie die Entführer in meiner Nähe suchen.« Der grüne Junge wollte mich abwimmeln.

»Hören Sie, junger Mann! Ich suche nicht, dafür finde ich. Und bei Ihnen bin ich fündig geworden. Also, was ist? Reden wir miteinander?«

»Wollen Sie nur eine schnelle Geschichte, oder haben Sie Interesse an der ganzen Wahrheit?«

»Die ganze Wahrheit ist besser als gar keine.«

Er nickte. »Aber keine Bullen!« stieß er hervor. Seine Sicherheit war nur Maske. Jetzt hatte er Angst.

»Keine Sorge. Die zählen nicht zu meinem Freundeskreis. Wo also?«

»Café Samowar. Direkt nach der Veranstaltung hier. Aber nur wir zwei!«

»Okay.« Ich kannte das alternative Etablissement und die von kleinen Mädchen mit feuchten Fingern geformten Vollwertkuchen.

Das grelle Licht der Wahrheit

Lazarus Beutelmosers Gesicht war rot und glänzte, seine Augen waren in die Ferne gerichtet, fixierten am Horizont einen imaginären Punkt, an dem sich der Blick festhielt. Er atmete tief durch, senkte die Augen auf das Papier in seiner Hand und las mit lauter Stimme:

»Nicht erwartet, aber oftmals schon befürchtet, kam er, der Schnitter Tod. Nun ist er durch diese Tür getreten und hinterläßt schmerzende Betroffenheit, die uns alle zur Nachsicht und Weitsicht disziplinieren muß. Wir müssen begreifen, was wir an ihm verlieren werden. Er gab uns viel, sehr viel, und das, was er gegeben hat, läßt uns erschauern vor seiner Größe. Er hat uns reich gemacht an Eindrücken und Ausdrücken. Wer ihm nahe war, der ahnte etwas von der Bedrohung, der er sich immer wieder aussetzte. Seine kometenhaft entwickelte künstlerische Seele, die Ups and Downs, die Krisen und Triumphzüge — waren sie nicht auch Beispiel für eine ständige Suche nach Liebe, Lust und Leidenschaft? Nach Erfüllung und Befriedigung? Seine Aussage freilich pendelte zwischen warmherziger Trauer und kühlem Zynismus über den Zustand der Kunst und seiner Protagonisten in diesem unseren Bierstadt. Viele haben sie nicht verstanden, interpretierten sie als hämische Zynismusbomben auf den eigenen Standpunkt. Wie unrecht habt ihr ihm getan!«

Lazarus Beutelmoser hatte keine Luft mehr. Alle hatten der Rede gebannt gelauscht. Sogar »Putzi«, der Leibwächter, machte den Eindruck, vom erhabenen Hauch der Schönheit der deutschen Sprache gestreift worden zu sein, denn er hatte seinen Bullterrier-Blick abgelegt. Ich sah Feuchtes in seinen Augen.

Das Wetter wollte da nicht abseits stehen. Der Himmel verdüsterte sich, und es fing Sekunden später an zu regnen. Niemand zuckte mit der Wimper.

Beutelmoser fuhr fort:

»Er hat uns viel hinterlassen, das uns reich macht, und er hätte uns noch viel mehr geben können, wenn er gedurft hätte. Er hatte so viel vor sich, und wir hatten so viel von ihm zu erhoffen. Über den Tod ist nicht zu klagen, doch sein Tod ist zu hassen! Nello von Prätorius, wir werden dich vermissen, bis wir uns selbst nicht mehr kennen!«

Alle atmeten auf. Der Rest war Ritual. Blumen in die Grube, Erde drauf und weg. Der Himmel öffnete alle Wasserschleusen. Die schwarzen Anzüge der Herren wurden klamm, die Wimperntusche der Damen floß, und die formgefönten Haare von Ralf-Maria Feudel fielen zu einem Plattkopf zusammen. Paul Pistor klopfte leise schimpfend die Wassertropfen von seinem Tweedjackett.

Ich ging neben Kulturdezernent Höfnagel über den Kiesweg in Richtung Ausgang. Das »Bierstädter Kulturecho« hatte die Trauergemeinde zu einem Leichenschmaus in eine nahe Gaststätte eingeladen.

»Wer, glauben Sie, hat ihn ermordet?« fragte ich ihn.

»Seine Kidnapper, seine Feinde oder seine Freunde? Irgendeiner, der Grund genug hatte. Und da gibt es einige Leute. Armer alter Nello! Er hatte so viel vor sich und wir noch so viel von ihm zu erhoffen«, äffte er Beutelmoser nach. »Nichts hatte der Mann vor sich, aber auch überhaupt nichts. Seine Rezensionen waren platt und antiquiert. Er zitierte nur noch sich selbst. Er war ein Fossil, ein Auslaufmodell. Na ja, was soll's, nun hat er ein kühles Grab gefunden — und naß ist es auch noch! Das fördert den Verwesungsprozeß! Den Würmern hat er noch so viel zu geben, viel mehr als er uns je zu geben vermochte!«

Höfnagel lachte und schritt gutgelaunt aus. Ich schwankte zwischen Abscheu, Neugier und Fassungslosigkeit. Er schien mir roh und gefühllos.

»Ich dachte, er sei Ihr Freund«, wagte ich einzuwenden, »jetzt hört sich das aber ganz anders an!«

»Was, meine Gnädigste, ist schon Freundschaft?« imitierte er den Tonfalls Nellos, »ein Zweckbündnis oder eine Herzensangelegenheit? Oder nur ein schöner Schein, der dann verschwindet, wenn das grelle Licht der Wahrheit auf ihn fällt?«

»Höfnagel, Sie sprechen in Rätseln! Was wissen Sie?«

»Fragen ist Silber, Rauskriegen ist Gold! Sie sind doch so eine Superschlaue, also strengen Sie Ihren Grips an!«

»Was ist mit dieser ›Loge‹? Hat sie damit zu tun?«

»Sie sind neugierig, Grappa, und das ist gut so. Nello war auch neugierig, aber zu neugierig, wenn Sie mich fragen. Sein Tod ist die Folge von zuviel Wissen. Und der Unfähigkeit, damit richtig umzugehen. Er hat seine Kräfte überschätzt.«

»Also ist er nicht wegen seiner Schreiberei umgebracht worden?«

»Natürlich nicht! Er schreibt seit vielen Jahren. Die Leute ärgern sich, und dann beruhigen sie sich auch wieder. Nichts ist älter als eine Zeitung von gestern.«

»Höfnagel! Wollen Sie mir helfen oder nicht? Mit dubiosen Andeutungen kann ich nichts anfangen. Ich brauche den Anfangsfaden vom Knäuel. Was hat er gewußt?«

»Ich weiß es nicht. Auf jeden Fall wollte die ›Loge‹ ihn loswerden.«

»Tatsächlich? Warum?«

»Ich weiß nichts Konkretes, sondern ich vermute nur. Feudel hat sich in den letzten Monaten von Nello distanziert. Beutelmoser ging auch auf Abstand. Beide hatten Angst vor Nello, doch ich bin nicht dahinter gekommen, um was es genau ging. Das müssen Sie rauskriegen, Grappa!«

»Welche Rolle haben Sie in dem Spiel?«

Er strich sich sein feuchtes Haar hinter die Brillenbügel. Er sah jetzt aus wie ein frischgebackener Pennäler, etwas beschränkt und wild darauf, das richtige Leben kennenzulernen. Er wollte mich in eine kriminelle Geschichte verwickeln, aber selbst nichts damit zu tun haben, wenn es Schwierigkeiten geben würde.

»Welche Rolle?« beantwortete er meine Frage. »Ich beobachte nur. Leider weiß ich zu wenig. Ich bin nur sicher, daß ich Nello von Prätorius nicht umgebracht habe!«

»Das wird sich erst noch zeigen!« gab ich zurück. Dann überließ ich die Trauergemeinde ihrem Leichenschmaus und stellte mich innerlich schon mal auf Möhrenkuchen mit Honig und Gerstenkaffee im »Café Samowar« ein.

Es fehlen zwei Tage in Nellos Leben

Mein Buttermilchflip schäumte, sein Kräutertee zog in einer irdenen Tasse. Aristide von Prätorius war tatsächlich ein ziemlich ungezogener Junge, dessen Erzählung — oder war es eher ein Geständnis? — viele originelle Wortspiele aufwies, sprachlich über dem Durchschnittsniveau der ihm gleichaltrigen Jugend lag und zudem noch possierlich vorgetragen wurde. Er hatte eine Menge Talente. Schade nur, daß er vermutlich die nächsten fünf bis 20 Jahre im Knast wenig Gelegenheit haben würde, seine Begabungen noch weiter auszubauen. Wirklich jammerschade.

Das war seine Geschichte: Er und drei Kumpel hatten Nello nach einem Kneipenbesuch nach USA-Serien-Manier in ein Auto gezerrt und ihn in dem Melpomene-Büro untergebracht. Am nächsten Tag gaben sie ihm ein Textbuch von Kleists »Zerbrochnem Krug« und schlugen ihm vor, einige Passagen der Rolle des Dorfrichters Adam auswendig zu lernen.

»Warum das?« fragte ich.

»Wer so kritisiert wie Nello, der muß zeigen, daß er's besser kann!« antwortete er trotzig.

»Muß ich, um die Qualität von Hühnereiern zu beurteilen, erst selbst welche legen?« fragte ich zurück.

»Nein, aber Sie kritisieren die Henne ja auch nicht, wenn Ihnen das Ei nicht schmeckt.«

»Würde ich schon, doch finden Sie mal in einer Legebatterie die Urheberin eines einzelnen Eies!«

»Der Vergleich hinkt irgendwie!«

»Wenn Sie meinen! Weiter! Hat Ihr Vater Sie nicht erkannt?«

»Wir hatten uns Masken aufgesetzt!«

»Wie im Mantel-und-Degen-Film! Zorro, der Rächer der Enterbten!«

»Lassen Sie Ihre Ironie! Wir wissen heute auch, daß die Sache ein Fehler war!«

»Die Reue kommt zu spät. Hat Ihr Vater die Rolle denn gelernt?« wollte ich wissen und testete den Buttermilchflip. Er schmeckte nach Himbeer und Holzkleber.

»Er weigerte sich«, erzählte Aristide, »da haben wir ihm das Essen gestrichen. Damit sein Widerstand gebrochen würde.«

»Eben mal das Essen gestrichen! Jetzt brech ich zusammen! Das sind Foltermethoden!« rief ich. »Ist Ihnen das nicht klar?«

»Ich nenne sowas lieber erfolgsorientiertes Handeln«, widersprach der Nello-Sprößling ungerührt, »hat ja auch geklappt. Der Zweck heiligt die Mittel. Als der Magen knurrte, funktionierte sein Spießbürgerhirn plötzlich wie geschmiert.«

Er schlürfte den Kräutertee in winzigen Schlucken und schaute der Bedienung auf die Beine, als sie durch den Raum wieselte. Sie trug Söckchen und dazu weiße Pumps.

»Wie schön! Was wäre denn als nächstes gekommen? Teeren und federn? Haben Sie vergessen, daß der Mann Ihr leiblicher Vater war?«

»Na und? Ich konnte ihn mir nicht aussuchen. Der Rest sind nur bürgerliche Gefühle.«

»Was wissen Sie von Gefühlen? Aber weiter: Was ist dann passiert? Wann haben Sie ihn umgebracht?«

»Wir haben ihm nichts getan! Er bekam sein Essen und seine Herztabletten. Dann hat er seinen Text aufgesagt, und wir haben das Video gemacht, das wir Ihnen zugeschickt haben. Dann haben wir ihn freigelassen.«

»Sie erzählen das so, als habe es sich um ein harmonisches Familientreffen gehandelt. Auf dem Videoband ist Ihr alter Vater zusammengebrochen! Geschüttelt von Weinkrämpfen. Außerdem war sein Magen fast leer. Er ist nicht auf der Müllkippe gestorben, sondern vorher umgebracht worden. Die Geschichte, die Sie mir erzählen, ist gelogen! Also, wie ist es passiert?«

»Hören Sie!« Langsam kroch Panik in seine Augen. »Ich hatte gehofft, daß Sie mir glauben. Wir wollten uns wirklich nur einen Jux machen. Er ist von jemand anderem erschlagen worden.«

»Woher wissen Sie, daß er an einer Kopfwunde gestorben ist?«

»Natürlich von der Polizei. Sie hat es Mutter erzählt.«

»Und warum hat die Entführung dann zehn Tage gedauert?«

»Das verstehen wir auch nicht. Bei uns war er nur acht Tage.«

»Und wo hat er die restliche Zeit verbracht, Sie Klugscheißer?«

Darauf wußte er keine Antwort. Wenn seine Geschichte stimmt, dachte ich, dann fehlen zwei Tage. Dann war Nello nach seiner Freilassung noch woanders, aber wo? Wahrscheinlich bei seinem Mörder.

»Wie genau habt ihr ihn freigelassen?«

»Wir warteten, bis es Abend wurde. Dann verbanden wir ihm die Augen, luden ihn wieder ins Auto und fuhren eine Weile mit ihm herum, damit er sich den Weg nicht merken konnte. Dann haben wir ihn am Stadtpark abgesetzt.«

»Mit verbundenen Augen?«

»Und gefesselten Händen. Doch der Knoten war so locker, daß er ihn öffnen konnte. Und ein Bushaltestelle war auch in der Nähe, so daß er von dort wegkommen konnte.«

»Ich bin stolz auf euch, Jungs! Und jetzt hören Sie mir mal zu. Die Geschichte könnte sich auch anders zugetragen haben. Nello hat gemerkt, wer ihn entführt hat, nämlich der eigene Sohn, und droht mit Entlarvung und Anzeige. Da bleibt euch hoffnungsvollen Nachwuchsmenschen nichts anderes übrig, als ihn mal eben ein bißchen totzuschlagen. Auch eine schöne Geschichte, was? Und sie könnte sogar wahr sein.«

»Nein!« Er haute mit der Faust auf den Tisch, so daß sich sein Kräutertee über die Spitzentischdecke aus naturbelassener Baumwolle ergoß. Die weißen Pumps trippelten mit einem Wischtusch heran.

»Wir haben ihn nach acht Tagen freigelassen mit allem, was er dabei hatte.«

»Was hatte er denn dabei?«

»Seinen Spazierstock, den Schal, seinen Mantel und einen großen Umschlag.«

»Interessant. Was war in dem Umschlag?«

»Papiere.«

»Was denn für Papiere? Zeitungen, Rechnungen, Manuskripte oder was? Nun lassen Sie sich nicht jede Information aus Ihrer dummen Nase ziehen!«

»Ich hab keine Ahnung. Irgendein Text eben. Wir hatten zu dem Zeitpunkt andere Sorgen.«

Ich stieß mit der Gabel wütend in den Blaubeer-Kuchen mit Pinienkern-Baiser. Die Hälfte rutschte mir auf meinen Rock und hinterließ ein modernes Gemälde nach Graffiti-Art. Ich griff in lila Glibber, den ich genervt auf die feuchte Tischdecke schmierte.

»Was soll ich jetzt machen?« fragte er mich. Er sah dabei aus wie ein Dreijähriger, der sich im Konfliktfall hilfesuchend an seine Kindergartentante wendet.

»Ich weiß auch nicht, warum, aber ich glaube Ihnen. Ich kümmere mich darum«, beruhigte ich ihn.

»Was soll das heißen?« Er hatte noch immer Furcht. »Werden Sie uns helfen?«

»Klar. Aber eine Hand wäscht die andere. Ich will die Story. Exklusiv. Mein Zeitplan sieht so aus: Morgen ist Nellos Grabgesang im Blatt. Übermorgen dann die wahre Geschichte seiner Entführung.«

»Dann haben wir die Polizei auf dem Hals!«

»Damit müssen Sie sowieso rechnen. Sie müssen die Entführung zugeben, um den Mord aus der Welt zu schaffen. Es wird schwierig genug sein, die Polizei davon zu überzeugen, daß Sie und Ihre Freunde keine Mörder sind.«

»Und wenn es nicht klappt?«

»Ein bißchen Risiko ist immer dabei. Auch für mich. Ich kann froh sein, wenn mich die Bullen nicht wegen Vertuschung einer Straftat drankriegen, wenn sie meine Story lesen. Denn eigentlich müßte ich heute schon zur Polizei. Also was ist nun, wäre das ein Weg für Sie und Ihre Komplizen?«

»Einverstanden.«

»Sehr schlau. Eine andere Wahl hätte es für Sie sowieso nicht gegeben. Schreiben Sie mir jetzt die Namen der anderen drei Entführer auf diesen Zettel. Kaufen Sie sich übermorgen ein ›Tageblatt‹, und seien Sie nett zur Polizei. Die Beamten können schließlich nichts dafür, daß sie die Vertreter des Gewaltmonopols des kapitalistischen Staates sind.«

Wild leben, reich werden und alt sterben

»Hallo, Peter«, trompetete ich fröhlich in seine Richtung, »du und deine Zeitung — ihr seid um 1200 Mäuse ärmer!«

»Soll das heißen, daß du den Entführer kennst?«

»So ist es. Ich schreib jetzt die Story von der feierlichen Grablegung des großen Sohnes unserer Stadt. Und gleich morgen folgt die Geschichte des kleinen Sohnes.«

»Kleiner Sohn? Was soll das heißen?«

»Laß dich überraschen. Außerdem handelt es sich um vier Entführer, die allerdings nicht die Mörder sind.«

»Bei dir ist immer alles so kompliziert! Kleiner Sohn, großer Sohn, vier Entführer, aber kein Mörder. Wofür willst du eigentlich die 1200 Mark haben?«

»Geizkragen. Unser Deal bezog sich auf die Kidnapper. Der Mörder kostet extra.«

»Du geldgeiles Biest! Sparst du auf eine Immobilie?«

»Du kennst doch meine Philosophie: Wild leben, dabei reich werden und alt sterben.«

»Die ersten beiden Dinge hast du ja schon geschafft!«

»Schön wär's. Wirf mal ein Blick auf mein Konto. Zu meinem Freundeskreis gehören zur Zeit jede Menge roter Zahlen.«

»Dann rezensiere doch zur Abwechslung mal wieder eine Runde Frauenkrimis. Damit du nicht immer nur aus mir das Geld herauspreßt.«

»Die Frauenkrimis sind Schnee von gestern. Ich bin schon bei den Lesbenkrimis. Zur Zeit lese ich die Geschichte einer weltberühmten Autorin aus der Ukraine. Sie schildert das Schicksal einer hemmungslosen Handarbeitslehrerin aus Belorußland, die von einem psychopathischen Killer verfolgt wird. Ich leihe ihn dir, wenn ich fertig bin.«

»Bitte verschone mich! Bevor du völlig verdorben wirst durch diese Schundliteratur, hau die Grablegung von heute früh ins System. Reichen 120 Zeilen?«

»Dicke. Die Rede war nichts als steifer Pomp. Beutelmoser hat geschwitzt, und Beate Elsermann hat nur so viele Tränen vergossen, daß ihr Make-up nicht verschwamm. Und dann hat es noch junge Hunde geregnet. Laß uns das Foto von der Trauergemeinde sechsspaltig 80 mm hoch aufsetzen. Du weißt ja, große Bilder sind schnell geschrieben!«

Nellos Witwe redet von einem Jahrhundertprojekt

Nach meinem Bericht über die Entführung wurden Aristide von Prätorius und seine drei Freunde, alle Mitglieder der Gruppe »Autonome Kulturarbeiter«, festgenommen. Der Staatsanwalt beantragte nicht nur Haftbefehl wegen Entführung, sondern auch wegen Mordes, der Haftrichter schloß sich seiner Ansicht an. Die Sache war todernst für die vier grünen Jungs, die sich nur mal hatten einen Spaß machen wollen.

Ich schaute noch am selben Tag bei der leidgeprüften Mutter vorbei. Vielleicht war die Verbindung zu ihrem Ex-Mann doch intensiver gewesen, als sie es bisher zugegeben hatte.

Anneliese von Prätorius hatte ein verweintes Gesicht und schien sich wie eine Schnecke in ihr Haus zurückgezogen zu haben. Die Räume waren abgedunkelt. Sie fand dennoch die Kaffeemaschine.

Das schwarze Gebräu legte sich nicht nur belebend auf mein Gemüt. Auch die Witwe wurde munterer. Sie war wohl froh, Gesellschaft zu haben.

»Berichten Sie mir alles, was Ihnen Ihr Mann in den letzten Wochen erzählt hat. Denken Sie nach!«

»Wir haben nur telefoniert. Meistens ging es um Geld. Oder er rief mich an, um zu fragen, ob ich seine Rezensionen gelesen habe. Er hatte immer noch den Wunsch, bewundert zu werden wie ein kleines Kind.«

»Und? Haben Sie ihn bewundert?«

»Natürlich. Es war ein Spiel. Ein mieses Spiel. Danach hat er seinen Unterhalt überwiesen und manchmal sogar ein Scheinchen draufgelegt.«

»Hat er über Pläne gesprochen? Über irgendwelche Projekte?«

Sie gab sich Mühe und marterte ihr Hirn. Die Angst um ihren Sohn machte sie kooperativ.

»Vor einigen Monaten rief er mich mitten in der Nacht an«, erinnerte sie sich, »in tiefer Nacht, und er war aufgeregt. Er hatte getrunken. Zuerst habe ich ihn kaum verstanden. Er erzählte mir, daß er soeben ein Jahrhundertwerk vollendet hätte.«

»Sprach er wirklich von einem Jahrhundertwerk?«

»Ja, so weit ich mich erinnere. Er schien ganz glücklich, irgendwie beseelt, von einer Last befreit.«

»Haben Sie nicht nachgefragt, um was es geht?«

»Es interessierte mich nicht. Ich war müde. Er hatte doch immer tolle Projekte in Arbeit, die sich dann irgendwie von selbst erledigten. Große Sprüche eben. Und wer kannte die besser als ich?«

Ein Jahrhundertwerk also, dachte ich, etwas, mit dem der Tote große Hoffnungen verband. Ein Buch vielleicht, ein Theaterstück oder eine Artikelserie. Oder hatte er eine große Sache aufgedeckt, aus der er Kapital schlagen konnte?

»Hatte dieses Projekt, von dem Ihr Mann sprach, irgendetwas mit der ›Loge‹ zu tun? Diesem Kulturverein?«

»Ich habe keine Ahnung. Nello hat zwar viel über seine tollen Pläne geredet, sie aber konkret nie vor anderen ausgebreitet. Er hatte immer Angst, daß man ihm etwas wegnehmen oder wegdenken könnte.«

»Hat er von Geld gesprochen?«

»Warten Sie! Doch! Wenn das Projekt erfolgreich sein würde, ließe er sich nicht lumpen. Dann würde auch für uns etwas abfallen. Er sagte es so von oben herab, als wolle er uns ein paar Almosen zuschustern. Ich weiß noch, daß ich vor Wut den Hörer aufgeknallt habe.«

Mehr war nicht aus ihr herauszukriegen. Immerhin

wußte ich, daß Nello eine große Sache in Arbeit gehabt hatte, die Geld abwerfen sollte. Hatte er die letzten Tage in seinem Leben noch daran getüftelt? Hatte die unglücklich Entführung ihn daran gehindert? Der Mörder muß ein Mensch sein, der sich schnell neuen Situationen anpassen kann, dachte ich. Er nutzte das Kidnapping, um Nello umzubringen, und lenkte so den Verdacht auf die Studenten.

»Bleiben Sie bitte erreichbar, Frau Prätorius. Ich werde mir noch einmal seine Wohnung ansehen«, sagte ich. »Irgendwo muß es einen Anhaltspunkt geben, der auf dieses mysteriöse Jahrhundertprojekt hinweist.«

Mein Kopf war ein Kasten mit unsortierten Zetteln. Ich hatte eine Leiche, in deren Leben zwei ganze Tage fehlten, ich hatte einen Umschlag, in dem vielleicht wichtige Papiere waren, und ich wußte von einem wichtigen Jahrhundertprojekt, das den Toten in euphorische Stimmung versetzt hatte. Mein Gefühl sagte mir, daß die »Loge« eine Rolle in der Tragödie spielte, die nicht zu unterschätzen war.

Erinnerung an eine Nacht im Stadtpark

Ich brauchte Ruhe und beschloß, durch den Stadtpark zu wandern. Die Luft war mild, es war einer dieser verregneten Sommer, die in unseren Breiten üblich sind. Im Park hatten die städtischen Gärtner die Blumen in Reih und Glied gepfercht, die Bäume hatten die Disziplin der Garten- und Friedhofsordnung verpaßt bekommen, und die Seerosen auf dem Teich sahen aus, als wären sie aus Wachs.

Auf den Wegen spießten mißmutige Sozialhilfeempfänger aus dem städtischen Sonderprogramm »Arbeit statt Stütze« Bonbonpapier und Zigarettenkippen auf. Die Stadt hatte sie in schmucke Uniformen gesteckt, die denen von Strafgefangenen ähnelten, denn sie waren grellorange und quer gestreift.

Für weitere bunte Farbtupfer sorgten die Jogger. Leute

zwischen 17 und 70 rannten in geranienroter oder resedagrüner Ballonseide durch den Park, ohne daß sie jemand verfolgte.

Ich setzte mich auf eine Bank und atmete durch. Frischluft für meine Gehirnzellen. Mein Journalistenschicksal betrübte mich. Polizisten halten sich nur an Fakten und haben keine Phantasie. Schriftsteller haben Phantasie und scheren sich nicht um die Fakten. Journalisten kennen Fakten und haben Phantasie und sollten deshalb näher an der Wahrheit sein als andere.

Doch diese Erkenntnis nützte mir überhaupt nichts. Ich stellte die Fakten zusammen und wartete auf die rettende Eingebung. Ohne Erfolg.

Hier, in diesem Stadtpark hatten die Studenten ihr Opfer freigelassen. Ich schloß die Augen und versuchte, mir jenen Abend vorzustellen:

Es ist dunkel. Ein Wagen fährt vor und stoppt. Eine Tür öffnet sich. Ein Mann mit verbundenen Augen und auf dem Rücken gefesselten Händen steigt aus. Die Autotür schlägt zu, der Wagen startet mit quietschenden Reifen.

Der Mann wartet eine Weile. Er versichert sich, daß seine Peiniger verschwunden sind. Dann löst er die Fesseln und nimmt sich das Tuch von den Augen. Oder den weißen Schal. Er stützt sich auf seinen Stock.

Der Mann ist erschöpft. Er hatte eine Woche lang Angst, war zusammengebrochen, hatte geweint, nicht richtig gegessen und sich nicht richtig waschen können. Seine Kleidung ist stark verschmutzt.

Bevor er zur Polizei geht, will er sich erst einmal säubern, etwas essen, um seine Würde wiederzugewinnen. Er überlegt, zu wem er gehen könnte. Er hat etwas Geld dabei, genug für eine Fahrt mit dem Bus.

So könnte es gewesen sein, dachte ich, öffnete wieder die Augen und blinzelte ins Licht. Die Sonne hatte sich inzwischen hervorgewagt.

Nello hatte an dem Abend einen Freund besucht, von dem er Hilfe erhofft hatte. Aber — die Sache mit dem Bus, die konnte nicht stimmen. Die Polizei hatte alle Fahrer der

Linien befragt, die am Stadtpark vorbeifuhren. Sie hatten in der Nacht niemanden befördert, der aussah wie Nello von Prätorius. Auch die Ermittlungen bei Taxifahrern hatten kein Ergebnis gebracht.

»Nello hat ihn angerufen und ist von ihm abgeholt worden! Oder er ist zu Fuß gegangen!« rief ich aus.

Eine junge Mutter, die ihren Kinderwagen vorbeischob, bat um absolute Stille, weil ihr Kleines gerade eingenickt war. Ich zollte der Mutterschaft Respekt und verließ den Stadtpark. Am Ausgang machten die Saubermänner aus dem Sonderprogramm Mittagspause.

Ich winkte ihnen freundlich zu und sagte: »Weiter so, Jungs! Und denkt immer daran, daß Arbeit nicht schändet!«

Sie glotzten mich an. In ihrem Blick war nicht viel Freude. Dabei hatte ich es doch nur gut gemeint.

Ein Schönheitsbad und eine Spur

Mir fiel plötzlich ein, daß ich bei meinem Besuch in Nellos Wohnung seinen Terminkalender mitgenommen hatte. Ich hatte ihn zwar überflogen, doch nichts Auffälliges bemerkt. Ich blätterte ihn zu Hause noch einmal sorgfältig durch.

Abgabetermine für Rezensionen, Arzttermine und einige Telefonnummern. Beutelmoser, Pistor, Feudel und die Redaktion des »Kulturechos«. Die Telefonnummer der Ex-Frau und eines Verlages im Rheinland namens Strohwolt. Auf Anhieb keine Anhaltspunkte.

Ich ließ mir ein Bad ein, nahm reichlich teures Badeparfum und stieg in die Wanne. Die Hitze des Wassers und die entspannte Körperlage ließen mich einschlummern.

Als das Wasser immer kälter wurde, zog ich den Stöpsel raus. Ich trocknete das teure Gel von meinem Körper. Das Bad war erfüllt von pudrigem Duft. Der Spiegel war beschlagen, und ich malte mit den Fingern Runen auf das Glas. Ein Zeichen hatte die Form eines Kopfes. Eines Tierkopfes. Der Kopf einer Ente.

Mein Gehirn wurde elektrisiert. Das war die Spur, die ich bisher übersehen hatte: Nellos Spazierstock! Wo war er geblieben?

Ich rannte ins Wohnzimmer und stopfte die Videokassette, die ich mir hatte vorsichtshalber kopieren lassen, in den Rekorder. Im Halbdunkel des Raums stand Nello von Prätorius und rezitierte:

Sprich, Evchen, hörst du, sprich jetzt, Jungfer Evchen!
Gib Gotte, hörst du, Herzchen, gib, mein Seel,
Ihm und der Welt, gib ihm was von der Wahrheit.
Denk, daß du hier vor Gottes Richtstuhl bist ...

Der silberne Entenkopf warf einen milden Schein. Aristide von Prätorius hatte mir erzählt, daß sein Vater nach der Freilassung mit Umschlag und Stock am Stadtpark abgesetzt worden war. Bei seiner Leiche waren aber weder Umschlag noch Spazierstock gefunden worden. Der Mörder hatte die Papiere und den Stock noch in seinem Besitz!

Ungebetener Besuch und kein Treppenwitz

Ich hatte mir den Zugang zu Nellos Wohnung schwieriger vorgestellt. Doch die Tür war nur angelehnt. Ich trat ein und wußte, daß jemand vor mir dagewesen war. Das Arbeitszimmer war durchgewühlt, Papiere und Zeitungen lagen auf dem Boden, Aktenordner waren auseinandergerissen worden. Sogar die Holzverkleidungen an den Wänden hatte jemand abgeschält. Für mich bestand kein Zweifel, daß der Mörder Nellos Wohnung durchsucht hatte. Doch — was war sein Ziel gewesen? Und — hatte er gefunden, was er gesucht hatte?

Ich war mal wieder zu spät gekommen. Wenn es hier etwas zu entdecken gegeben hatte, war es einem anderen in die Hände gefallen. Ich war vom Pech verfolgt.

Ich hatte wenigstens ein weiteres Kapitel in meiner unendlichen Geschichte. Ich griff zum Fotoapparat und knipste die Zimmer. Dann interviewte ich kurz den Hausbesitzer, der aber nichts gesehen hatte. Die Polizei versprach mir, so bald wie möglich zu erscheinen. Das Interesse der Beamten hielt sich in Grenzen.

Frustriert stolperte ich die Treppe hinunter. Sie war verschmutzt und staubig. Mit der Fußspitze trat ich auf ein Blatt Papier. Ich wollte es fluchend beiseite kicken, als ich bemerkte, daß es sich um eine Manuskriptseite handelte. Ich stutzte und sah mir das Blatt genauer an. Es war die 113. Seite eines Buchmanuskriptes, die irgendwer bei seinem Abgang auf der Treppe verloren hatte.

Das war die Spur, die ich erhofft hatte! Der Mörder hatte Papiere gesucht und sie auch gefunden! Ich steckte das Blatt in meine Tasche. An der Haustür bekam ich eine Idee. Ich rannte schnell in Nellos Wohnung zurück, ging ins Arbeitszimmer und spannte ein herumliegendes Blatt in seine Schreibmaschine.

Dann tippte ich ein paar Worte darauf. Ich benutzte zum Antippen der Tasten meinen Kugelschreiber, um keine Fingerabdrücke zu zerstören. Ich schrieb:

Sie wußte nicht, warum sie ihm gehorchte. Es war die Schärfe seiner Stimme, dachte sie dann. Mit einem bestimmten Griff hatte er ihr den Pullover über den Kopf gezogen …

Das waren die ersten Sätze, die auf der einzelnen Manuskriptseite zu lesen waren. Ich würde sie zu Hause analysieren. Dann verließ ich das Haus endgültig.

Ikarus fliegt der Sonne entgegen

Aristide und seine Freunde wurden aus der Haft entlassen. Die Polizei hatte keine Beweise finden können, um dem Quartett den Mord anzuhängen. Ihnen stand allerdings noch ein Prozeß wegen Entführung oder Freiheitsberaubung ins Haus — nicht gerade die Aussicht auf ein paar harmonische Monate.

Ich untersuchte die Seite. Ihre Existenz hatte ich der Polizei verschwiegen, mit ihrer mangelnden Phantasie und fehlenden Kreativität hätten die Bullen sowieso nichts damit anfangen können.

Der Text war eindeutig auf Nellos Schreibmaschine getippt worden. Er schrieb noch nicht auf einem Computer, sondern auf die traditionelle Art, wie es viele alte Journalisten tun, die glauben, die Technik würde den Musenkuß verzögern oder unmöglich machen.

Nello hatte eine Szene zwischen einem älteren Mann und einer jungen Frau geschildert, gewürzt mit Erotik. Lazarus Beutelmoser hatte auch an einer solchen Story gebastelt. Klar, das Thema »alternder Mann und junge Frau« hatten beide nicht erfunden. Doch Nellos Manuskript war verschwunden, Nello war tot. Lazarus Beutelmoser plante einen Roman mit demselben Thema.

Beate Elsermann war Nellos Freundin. Die Bekanntschaft mit Beutelmoser hatte sie bestritten. Es war möglich, daß sie gelogen hatte, denn laut Vereinsregister gehörten sie und Beutelmoser zu den Gründungsmitgliedern der ›Loge‹.

Beutelmoser war Schriftsteller, ohne zu schreiben. Ob er darunter litt, wußte ich nicht. Jahrelang mit Betroffenheits-Texten Schüler oder Kirchgänger zu nerven, kann am Ego kratzen.

Ich las mir einige Sätze der Seite 113 noch einmal laut vor:

Er hielt ihr den Pullover hin, unterwürfig, so, als wolle er sie um Verzeihung bitten für seinen unbedachten, ja todesmutigen Akt. Sie nahm das Kleidungsstück und ließ es achtlos fallen.

Ihre apfelförmigen Brüste waren so nah, daß er sie hätte berühren können. Eine klassische Erotikszene, dachte Adam, nur zugreifen müßte ich. Doch er redete nur. Erzählte, daß er sie schon lange begehre, doch nie daran gedacht habe, daß eine Frau wie sie und er. Stotterte. Sie schaute. Schaute nur mit offenen Augen, so, als betrachte sie ein kompliziertes Insekt, das auf dem Rücken liegt und hilflos mit den vielen Beinen in der Luft herumrudert.

Dann ergriff sie seine Hand und legte sie auf ihre rechte Brust. Er bekam keine Luft mehr, war Ikarus, der mit wächsernen Flügeln der Sonne entgegenflog und …

Was sich bei Adam in dieser Szene noch regte, blieb mir verborgen, denn die Seite war zu Ende. Auch den Namen der Dame erfuhr ich nicht, aber ich konnte ihn mir denken: Eve. Adam und Eve, die beiden ersten Menschen, im Verderben aneinandergekettet, und Adam und Eve in Kleists Lustspiel. Der alte geile Mann, der sich an einer jungen Unschuld vergreifen will und dabei Reputation und Job verliert.

Lazarus Beutelmoser war der Anfang vom Knäuel. Ich hatte den Faden und brauchte nur noch abzuwickeln. Beutelmoser hatte Nellos Manuskript gestohlen, um es als sein eigenes zu präsentieren.

Zwischen Windeln und Wahnsinn

Die nordrhein-westfälische Fachtagung des Deutschen Hausfrauenbundes war eher ein Landestreffen der zweireihigen Perlenketten. Noch nie hatte ich so viele Zuchtperlen auf einmal gesehen. 200 Frauen jeglichen Alters waren ins Bierstädter Kongreßzentrum gekommen, um die Menschwerdung der Hausfrau ein Stückchen weiterzubringen.

Ich war hier, weil es einen besonderen Tagesordnungspunkt gab. Nach dem Rechenschaftsbericht und den Vorstandswahlen hatten die Damen Lazarus Beutelmoser eingekauft. Er gehörte zu den bunteren Programmpunkten, denn er sollte Gedichte zum Thema »Zwischen Windeln und Wahnsinn — von der Einsamkeit der Frau« vortragen.

Ich schlenderte in Richtung Pressetisch. Eine ältere Delegierte gab sich als Pressereferentin zu erkennen und begleitete mich. Auch sie trug ein zweireihiges Austernprodukt um den Hals. Ihre aprilfrische Baumwollbluse war mit einem frechen Hohlsaum verziert. Ich kam mir mit meinen Tiger-Leggins und dem Sweat-Shirt richtig alternativ vor.

Am Pressetisch zeigte sie mir die Pressemappe und wies mich auf die Möglichkeit hin, die Flaschen auf dem Tisch zu leeren. Dabei lächelte sie mit ihren großen, gutgepflegten Zähnen. Mir fiel ein, daß ich übermorgen einen Termin beim Zahnarzt hatte.

»Hallo!« sagte ich zu der Kollegin vom Konkurrenz-Blatt. Sie hieß Dr. Elvira Bollhagen-Mergelteich und war eine bewußt alleinerziehende Mutter. Ich kannte sie schon einige Jahre und bewunderte sie. Sie hatte nach dem beliebten Leitsatz der Frauenbewegung gehandelt, der besagt, daß eine Frau einen Mann genauso dringend braucht wie ein Fisch ein Fahrrad.

Dennoch hatte sich der Fisch vor rund vier Jahren aufs Fahrrad geschwungen. Das lebende Ergebnis dieser Übung hatte Elvira Bollhagen-Mergelteich heute mitgebracht: ihren Sohn Bolle.

Der Kleine hatte die säuberlich ausgelegten Pressemappen schon vom Tisch gefegt und versuchte nun, mit den Fingernägeln die Kronkorken von den Flaschen zu knipsen. Seine Mutter war entzückt von seiner Entdeckungsfreude.

Als die Nummer mit den Kronkorken nicht mehr interessant war, kam Bolle Bollhagen direkt auf mich zu.

»Na, du süßer kleiner Fratz!« versuchte ich mit dem Kind zu scherzen. Der Angesprochene hob sein kleines Patschhändchen und riß mir die Brille vom Gesicht.

Ich war sofort blind wie ein Maulwurf. »Willst du der lieben Tante Grappa die Brille nicht wiedergeben?« fragte ich verzweifelt.

Bolle zog es vor zu schweigen. Voll im Griff meiner Minus vier Dioptrien ahnte ich, was da passierte. Bolle hatte meine 600-Mark-Brille auf den Boden geworfen und wollte sie zertreten. Ich peilte ihn an, kniff ihn kräftig in den Hintern und machte ein unschuldiges Gesicht. Das half. Bolle Bollhagen stimmte ein Sirenen-Geheul an und flüchtete sich in die Arme seiner alleinerziehenden Mutter.

»Was hat er denn, der kleine Sonnenschein?« fragte ich scheinheilig. Dr. Elvira Bollhagen-Mergelteich blitzte mich wütend an. Zum Glück ersparte mir Oberbürgermeister Gregor Gottwald die Racheaktion, denn er stand bereits am Rednerpult.

Er war Schirmherr der Landestagung. In seiner volkstümlichen Art fand er nicht gleich den richtigen Ton, als er den 200 Damen versicherte, daß er sich richtig wohl nur unter Frauen fühlte. Männer seien weniger hübsch und schlechter angezogen.

»Hausfrauen, die finde ich besonders dufte. Ich kann das beurteilen, denn ich hab zu Hause ja auch eine!«

Schüchterner Applaus kam auf. Gottwald lobte seine Frau und ging anschließend mit den Mädels der Frauenbewegung ins Gericht.

»Freudlos sind die, verklemmt!« polterte er.

Gut, daß er das Zischen der jungen Mutter neben mir nicht hören konnte. Doch auch die jüngeren Delegiertinnen, die für die Anerkennung des Hausfrauenberufs als tariflich bezahlte Beschäftigung stritten, guckten nicht besonders begeistert.

Doch Gregor Gottwald hatte sich warm geredet. Er hatte von der Ausbeutung der Frau als Arbeitstier in unserer patriarchalischen Gesellschaft noch nie etwas gehört, geschweige denn verstanden.

»Und dabei habe ich gar nichts gegen die Frauenbewegung«, lachte er in den Saal, »sie muß nur schön rhythmisch sein!«

Die Miene der Landesvorsitzenden erstarrte, ihr erschlafftes Kinn zitterte, und die breiten Gesundheitsschuhe scharrten über den Boden wie ein Pferd, das kurz davor war auszukeilen.

Gottwald kriegte dann doch wieder die Kurve. Er offerierte die Bürgerhalle des Rathauses für das Bundestreffen des Hausfrauenbundes und stellte ein größeres Sponsoring in Aussicht. Er wurde in Ehren und mit artigem Applaus entlassen.

»Unmöglich, dieses Grußwort!« bewertete Elvira Bollhagen-Mergelteich die OB-Rede. Ich zuckte mit den Schultern. Wer weiß, sinnierte ich, welches Frauenbild ihre eigene Genkopie einmal haben wird. Ich dachte den Gedanken aber nicht weiter.

Der Rechenschaftsbericht und die Vorstandswahlen ließen mich in einen Schlaf mit offenen Augen fallen. Auch eine Kunst, die Journalisten beherrschen.

Endlich betrat Lazarus Beutelmoser die Bühne. Der Schriftsteller wurde begleitet von dem Bibliotheksdirektor, der zunächst eine kurze Einführung in das Werk des Künstlers geben wollte. Während Beutelmoser fast glatzköpfig war, hatte sein Begleiter blonde Locken wie ein später Botticelli-Engel, der gerade einen erfolgreichen Raubzug durch Juwelierläden hinter sich hatte. Er trug nämlich an jedem Finger der Hand einen glänzenden Ring und im Ohr einen Brillanten.

»Seine archaische Sprachkraft führt zu hymnischen Höhenflügen«, jubelte der Büchereimann, »er ist ein Virtuose des Hintersinns und zündet ein literarisches Feuerwerk ungewohnter Phantasien.«

Nun habe sich der Dichter der Lyrik zugewandt und hier insbesondere der Form des klassischen Sonetts, an denen sich so mancher große Geist in den letzten Jahrhunderten versucht habe. Er verglich Beutelmoser mit dem Barockdichter Andreas Gryphius und glaubte auch Ähnlichkeiten zu Dante Gabriel Rossetti und Henriette Davidis zu erkennen.

Beutelmoser stellte sich in Positur. Er war nicht so folkloristisch wie sonst gekleidet, sondern hatte gedeckte Farben angelegt. Sein erstes Sonett aus dem Zyklus »Zwischen Windeln und Wahnsinn« hatte den Titel »Gebrochene Einsamkeit«.

Es herrschte Totenstille. Dann sprach der Meister folgende Worte:

Oh Frau! Du Mensch und Mutter, Hure und auch Herrscherin,
schweigsame Seele, vergessner Rauch aus dunklen Zeiten.
Dein Bild — zum Greifen nah, dann fern in unendlichen Weiten.
Ein lichter Tag! Du stehst am Horizont, ich weiß: Ich bin!

Oh Gott! Laß dieses Antlitz, das so sanft erröten kann,
doch tausend- und millionenmal in Töchtern weiterleben.
Laß diese Augensterne sich ganz in unsere Welt erheben

für immer! Für alle und für den Menschen namens Mann!

In ihr, da muß das Gute sein, das alle sich erflehn,
das uns befreit und glücklich macht für einen Augenblick,
uns Lust und Liebe gibt für einen ewig langen Tag.

Oh wäre wahr, was Maler zeigen und was Dichter in ihr sehn,
daß Schönheit mehr ist als ein zeitliches Geschick!
Verwesung fort und Trümmer weg und keine letzte Klag'!

Beutelmoser lauschte den letzten Klängen seiner Verse und verharrte regungslos. Niemand rührte sich. Es war wie eine Schweigeminute für die dahingeschiedenen Hausfrauen-Funktionärinnen. Als der Büchereichef zu klatschen begann, brauste Beifall auf.

»Wunderbar!« schwärmte Elvira Bollhagen-Mergelteich. Die Begeisterung hatte ihr Hitzewellen beschert, die ihr rote Flecken aufs knöcherne Dekolleté malten. Ihr Sohn Bolle lag im Kinderwagen und schlief.

»Der hat auch nichts anderes gesagt als der Oberbürgermeister! Die Substanz war dieselbe!« widersprach ich.

Nach einigen weiteren Gedichten war für mich die Veranstaltung beendet. Ich wartete, bis Beutelmoser seinen Scheck bekommen hatte, und folgte ihm ins Freie.

»Ich muß schon sagen, Herr Beutelmoser«, lobte ich, »Ihr Sonettzyklus hat mich tief erschüttert. Sie haben die Diskrepanz zwischen gut gemeint und gut gemacht virtuos aufgelöst. Herzlichen Glückwunsch! Was macht denn Ihr großer Roman, von dem wir neulich sprachen?«

»In vier Wochen kommt er heraus!« Der Applaus der Hausfrauen hatte ihn ganz benommen gemacht. Das lockerte seine Zunge.

»Mein Verleger spricht von einem Jahrhundertwerk.«

»Welcher Verlag bringt es denn heraus?«

»Kitschenheuer und Wiep. Eines der renommiertesten Verlagshäuser in Deutschland.«

»Dürfen Sie den Titel schon verraten?«

»Er heißt ›Die Geschichte von Adam und Eve‹«, verriet

er, »doch es sollte noch nicht publiziert werden, Frau Grappa. Ich sage es Ihnen nur, weil wir uns heute zufällig getroffen haben.«

Eine feuchte Speichelfontäne sauste knapp an mir vorbei. Also doch Adam und Eve, dachte ich, mein Verdacht war richtig. Lazarus Beutelmoser hatte seinen Freund bestohlen. Doch es zu beweisen, war schwer.

Beutelmoser hatte das Originalmanuskript in seinem Besitz, die Kopie hatte er aus Nellos Wohnung gestohlen, ohne die Seite 113, die auf der Treppe gelegen hatte.

Beutelmoser war nicht dumm. Nach meinem Besuch in seiner Wohnung ahnte er bestimmt, daß ich ihm auf der Spur war.

Deshalb hatte er die Kopie des Romans aus Nellos Wohnung gestohlen, weil das Schriftbild von Nellos Schreibmaschine bekannt war. Einziger Beweis war die Seite 113, die ich in meinem Besitz hatte. Das Originalmanuskript existierte bestimmt nicht mehr.

»Ich weiß inzwischen, daß Nello von Prätorius auch einen Roman schreiben wollte. Er wollte seine Liebesgeschichte mit Frau Elsermann zu Papier bringen.«

Beutelmoser ließ sich nicht beeindrucken. »Kann sein. Sein Tod kam dann wohl dazwischen! Ich glaube, er hat mir sogar erzählt, daß er es auch mal versuchen wollte!«

»Und? Hatte er schon etwas geschrieben?«

»Da bin ich überfragt, liebe Freundin!«

Ich meinte, Hohn in seiner Stimme zu hören. Verdammt, dachte ich, es ist meine Schuld. Ich habe ihn durch meine blöde Fragerei zu früh gewarnt. Jetzt ist mein ganzes Konzept zerstört. Aus der Traum vom geistigen Diebstahl, der zum brutalen Mord führt.

Nein, eine Möglichkeit gab es noch. Beate Elsermann! Wenn sie die Eve in Nellos Manuskript war, kannte sie vielleicht auch dessen Texte, und dann würde sie die Szenen in Beutelmosers Werk wiedererkennen.

Ob sie mit mir reden würde, war allerdings fraglich. Ich hatte sie an ihrem Krankenlager mit der Kittel-Nummer ganz schön reingelegt und am nächsten Tag nicht besonders freundlich über sie geschrieben.

Drei Wünsche auf dem Anrufbeantworter

»Wie hießen die Könige im alten Ägypten? Libero, Pharao oder Placebo?« Die Hörerfrage im Bierstädter Privatradio hatte die Qualität des Champagners einer Discount-Einkaufskette. Bevor ein Hörer »Libero« antworten konnte — in einer fußballbegeisterten Stadt völlig normal — drehte ich mein Autoradio ab, denn ich war an meiner Wohnung angekommen. Morgen früh würde ich mich an Beate Elsermann wenden.

In meiner Wohnung warteten zwei hungrige Katzen, ein Kessel Buntes und einige Wünsche von Klienten auf dem Anrufbeantworter. Ein Strafgefangener, den ich von einer früheren Geschichte her kannte, fragte an, wann er bei mir einziehen könne.

Der Silbermann-Verlag wollte wissen, wann er mit den ersten Rezensionen der Romantik-Thriller rechnen könne, und Boris Austerlitz bat um einen Anruf.

Ich hatte ihn fast vergessen, doch jetzt erschien er mit seinem schwarzen Haar, der weißen Haut und den dunklen Brikettaugen wieder vor meinem geistigen Auge. Schade, daß er etwas verwirrt und hinter dieser Hobby-Hure her war. Sein junges Leben war vermurkst, seine Karriere als Rechtsanwalt im Eimer und alles wegen dieser Frau. Wie hatte Lazarus Beutelmoser gedichtet?

Ein lichter Tag! Du stehst am Horizont, ich weiß: Ich bin!

Ich betätigte die Drehscheibe des Telefons und wartete lang. Schließlich meldete sich eine Frauenstimme. Es war Beate Elsermann, und sie schien allerbester Laune zu sein.

»Ich weiß, wer Sie sind«, plapperte sie, als ich meinen Namen sagte, »Sie sind die angebliche Ärztin, die ein Foto für ihre alte Mutter haben wollte, nicht wahr? Ich habe nicht schlecht gestaunt, als ich Ihre Fotos am anderen Tag im ›Tageblatt‹ sah. Und der Text dazu war wirklich gemein. Was wollen Sie von meinem süßen kleinen Boris?« Sie lachte und schien betrunken.

»Er will was von mir, denn er hat hier angerufen, also geben Sie ihm den Hörer!« grollte ich.

Doch sie schien sich einen Spaß daraus zu machen, mich zu ärgern. »Boris kann jetzt nicht, wir liegen gerade in der Badewanne!« kicherte sie.

Der arme Kerl, dachte ich. Schon wieder ist er auf sie reingefallen! Es hatte wohl keinen Sinn, ich würde ein anderes Mal versuchen, ihn zu retten. Oder vielleicht doch nicht, denn gerettete Männer sind unangenehm anhänglich.

»Frau Elsermann«, sprach ich betont langsam, damit sie auch alles mitbekam, »ich bin morgen früh um 11 Uhr bei Ihnen in Ihrer Wohnung! Ich muß dringend mit Ihnen reden! Es ist wichtig, haben Sie mich verstanden?«

»Ja, ja, kommen Sie nur«, lallte sie, »und lassen Sie den weißen Kittel zu Hause, oder wollen Sie diesmal keine Bilder machen?«

»Nein«, sagte ich, »es geht um Nello von Prätorius und Ihr Verhältnis zu ihm. Und dieses Mal werden Sie mir endlich die Wahrheit sagen!«

»Das wird Boris aber gar nicht recht sein«, kokettierte sie, »er ist so eifersüchtig!«

»Ich kann mir nicht vorstellen, daß er sich noch Illusionen über Sie macht. Er weiß doch von Ihrer Beziehung zu Prätorius. Und zu Lazarus Beutelmoser!«

»Sie faseln schon ja wieder von diesem Typ«, ärgerte sie sich, »ich kenne diesen Beutelmoser nicht!«

»Er ist aber auch Mitglied der ›Loge‹! Genau wie Sie!«

»Sie meinen diesen Verein?« Sie schien verblüfft. »Da hab ich doch nur unterschrieben, weil die noch eine Unterschrift brauchten. Ich hatte mit dem Club nie etwas zu tun!«

»Wir reden morgen früh darüber, Frau Elsermann!« sagte ich, »ich wünsche Ihnen noch einen schönen Abend.«

»Dafür wird Boris schon sorgen!« Sie kicherte und legte auf.

Männer, Moneten und Mandelhörnchen

Beate Elsermann hatte kürzlich die Wohnung gewechselt. Sie lebte nun in einer Penthouse-Etage mitten in der Bierstädter City. Über den Dächern der Stadt, modern, hell und teuer.

Ich drückte im Lift den Knopf für die achte Etage. Leise öffnete sich die Tür. Ich stand in einem Flur mit Glaswänden, die zum Blick auf die Umgebung einluden. Unten auf der Fußgängerzone herrschte emsiges Treiben, der Sommerschlußverkauf hatte begonnen, und die Einzelhändler wollten mit ihren Schnäppchen landen.

Ich drückte den Klingelknopf. Ein vornehmes Summen ließ sich hören. Nach einer Weile öffnete sich die Tür, die Dame des Hauses erschien, nur bekleidet mit einem seidenen Negligé, das bis zum Bauchnabel geöffnet war.

»Ich bin nicht der Milchmann«, entfuhr es mir, »Sie können Ihren Mantel wieder zubinden!«

Ich trat ein und ging gleich durch in die »gute Stube«. Die Wohnung hatte einen tollen Zuschnitt, war hell und großzügig. Die Möbel sahen dagegen aus wie vom Sperrmüll. Alte Stühle, ein wackeliger Tisch und ein zerschlissenes Blümchensofa. Biedere schäbige Gemütlichkeit. Sie wird sich noch einige Male hinlegen müssen, damit es für die passenden Möbel reicht, dachte ich grimmig.

»Wollen Sie ein Bier?« fragte sie.

Mich schauderte. Kein Bier in Bierstadt, bevor es dunkel wird. Und es war gerade mal elf Uhr.

»Lieber einen Kaffee, wenn Sie einen im Haus haben!«

»Natürlich!«

Sie lief in die Küche. Ich schaute ihr nach. Sie war größer, als ich sie in Erinnerung hatte. Ihr Gang war geschmeidig und kraftvoll.

»Sie haben mich damals ganz schön reingelegt«, fing sie an und stellte die Tassen auf den Tisch. »Von wegen Fotos für die Mutter!«

»Das Foto im ›Tageblatt‹ hat Ihnen doch nicht geschadet, oder?«

»Eigentlich nicht.«

»Na also. Was macht denn Ihre Karriere?«

»Alles bestens«, prahlte sie, »ich spiele weiterhin fast jeden Abend die Eve im ›Krug‹, ich hatte eine Fotoserie im letzten Herrenmagazin. Hier, schauen Sie mal!«

Sie reichte mir das Blatt. Auf sechs Hochglanzseiten prangte Beate Elsermann und hielt ihre sekundären Geschlechtsmerkmale ins Licht der Fotokamera. Die Beleuchtung war raffiniert, die Körperschminke edel und die Farben gefiltert.

Ich hatte in meinen Frauengruppen gelernt, daß solche Fotos die Würde der Frau verletzten. Erst jetzt begriff ich, daß damit nicht die Würde des Fotomodells gemeint war, sondern die Würde der Frauen, die auf die vierzig zugehen, ein paar Pfunde zuviel haben und ohne Vorwarnung mit solchen Bildern konfrontiert werden.

Dafür bin ich intelligent und tierlieb, tröstete ich mich und nahm mir vor, eine strenge Apfel-Ei-Diät einzulegen, falls sich die Gelegenheit ergeben sollte. Ich legte das Heft beiseite und zog den Bauch ein.

»Sehr ansehnlich«, lobte ich, »da war doch noch von einer Traumschiff-Serie im Zweiten Deutschen Fernsehen die Rede. Was ist denn daraus geworden?«

»Die wurde auf nächstes Frühjahr verschoben«, plapperte sie, »wegen Sascha Hehn. Er ist ja der Hauptdarsteller und hat zur Zeit Dreharbeiten auf Jamaika!«

Das Vorspiel reichte.

»Frau Elsermann«, begann ich, »ich brauche Ihre Hilfe.«

»Warum sollte ich Ihnen helfen?« fragte sie. Ihre schräggestellten Augen sahen mich lauernd an, und ihre Oberlippe gab die kleinen Raubtierzähne frei.

Ich überlegte, wie ich sie kriegen konnte. Sülzen und Säuseln hatte bei ihr wenig Zweck. Das hatte ich zwar in der Klinik erfolgreich ausprobiert, doch sie fiel bestimmt nicht zweimal auf dieselbe Nummer rein.

Ihr die Wahrheit zu sagen, widerstrebte mir, denn sie war in dieser Story der Prototyp eines Sicherheitsrisikos.

Das war's! Geld! Blitzschnell überlegte ich mir eine Strategie, während sie in ihrer Küche die Kaffeemaschine abstellte.

»Sie werden in den nächsten Wochen Besuch von einem Anwalt erhalten«, kündigte ich an, »nicht von der Sorte Anwalt, in deren Bett Sie gestern gelegen haben, sondern von einem richtigen Advokaten!«

»Tatsächlich?« meinte sie spitz. »Und was könnte der von mir wollen?«

»Sie haben Glück gehabt. Sie haben geerbt! Nello von Prätorius hat Ihnen etwas vermacht.«

»Der?« fragte sie und in ihren Augen glomm Interesse. Die Ader an ihrer Schläfe pochte und die Wangen färbten sich rosa. »Was sollte mir der schon vermachen?«

Sie bemühte sich, cool zu bleiben, aber ich hatte sie.

»Sie können das Erbe auch ablehnen«, entgegnete ich und ließ sie nicht aus den Augen, »seine Frau und sein Sohn werden sich freuen. Dann können die beiden endlich ohne Geldsorgen leben!«

Sie wurde nervös und fuhr sich mit den Fingern durch die schwarzen Haare, die in kleinen Locken eng ihren Schädel umklammerten. Die hat ja Spinnenfinger, dachte ich und fühlte mich besser. Und krumm gewachsene kleine Zehen! Ich merkte, daß ich die Sache im Griff hatte.

»Was hat er mir denn vermacht?« Die Gier machte ihre Stimme heiser.

»Er hat ein Buch geschrieben, das ganz groß herauskommen soll. Die Einnahmen aus dem Buch sollen Ihnen zugute kommen. Der Verleger rechnet mit einigen hunderttausend Mark. Wissen Sie etwas von diesem Buch?«

»Ich weiß nicht, ob ich ...« Sie brach ab.

»Wenn Sie das Buch nicht kennen, dann wird seine Frau bestimmt das Testament anfechten.«

»Moment mal!« schrie sie. »Wenn das so ist! Ich war seine Geliebte, und das Buch hat er für mich geschrieben. Eine Geschichte von Adam und Eve. Ich war die Eve, und er war Adam. Ich habe einige Stellen aus dem Buch gelesen! Er hat sie mir gezeigt.«

Na also. Die Sache lief gut.

»Dann sollten Sie das aber ganz schnell zu Protokoll geben, damit man Ihnen das Geld nicht vorenthält«, riet ich ihr, »denn es ist etwas Schlimmes passiert! Um das Manuskript des Buches gibt es Streit.«

»Was meinen Sie damit?«

Ich ließ sie ein Weilchen schmoren und rührte in meinem Kaffee. Dann hob ich die Tasse und trank langsam. Ihre Nerven lagen bloß, sie konnte kaum noch auf dem Blümchensofa sitzen. Sie ist entschieden zu dünn, dachte ich, nichts dran, aber auf Fotos macht sich sowas gut. Ich verschob den Gedanken an die Diätkur wieder.

»Nun sagen Sie schon!« Sie schrie fast.

»Nello von Prätorius hatte einen Freund. Eben jenen Lazarus Beutelmoser. Der hat das Manuskript geklaut und will es als sein eigenes herausbringen. Sie wären die einzige, die bezeugen kann, daß Nello das Buch geschrieben hat.«

»Das will ich gerne tun!« Jetzt schrie sie wirklich.

»Dieser Beutelmoser behauptet aber, er habe ebenfalls ein Verhältnis mit Ihnen gehabt. Er und Nello hätten am selben Thema gearbeitet!«

»Der lügt! Ich kenne den Kerl nicht. Glauben Sie etwa, ich mache für jeden alten Knacker die Beine breit?«

Ich ersparte ihr und mir die Antwort und fragte stattdessen: »Warum haben Sie's denn bei Nello getan?«

»Er wollte mich fördern, etwas für meine Karriere tun!«

»Und warum hat er Sie dann nach der Premiere des Kleist-Stücks in seiner Kritik exekutiert?«

»Weil er mich mit Boris Austerlitz im Bett erwischt hat! Deshalb!«

Das klang einleuchtend. Armer Nello, dachte ich, kurz vor dem Altenheim noch mal eine heiße Affäre. Es sei dir gegönnt, du armer, lahmer, toter Zausel!

»Frau Elsermann«, meine Stimme klang hilfsbereit und hatte jetzt den Von-Frau-zu-Frau-Ton, »ich werde Ihnen helfen, Ihre Ansprüche durchzusetzen. Morgen gehen wir zu einem Anwalt, und Sie geben eine eidesstattliche Versicherung ab, daß Nello an einem Buch gearbeitet hat. Den Rest regele ich dann schon.«

»Wenn ich diesen Eid wirklich ablege«, fragte sie und hatte den Von-Frau-zu-Frau-Blick, »bekomme ich dann mein Geld?«

»Aber ja doch«, säuselte ich, »wenn alles so läuft, wie ich mir das vorstelle. Wir müssen nur morgen zum Anwalt gehen.«

Ich stand auf. »Vielen Dank für den Kaffee!« sagte ich. »Dann bis morgen. Ich hole Sie gegen elf Uhr morgens hier ab, okay?«

Sie lächelte. »Ich habe mich in Ihnen getäuscht, Frau Grappa!« gestand sie mir und blickte mir freundlich ins Gesicht.

Darauf kannst du wetten, dachte ich, besonders, wenn du rauskriegst, daß ich das Testament von Nello überhaupt nicht kenne und daß alles gelogen war.

»Ich habe mich auch in Ihnen getäuscht, Frau Elsermann!« sagte ich und zwang mich zu einer heiteren Miene. »Ich hielt Sie tatsächlich für ein geldgieriges Biest! Und dabei wollen Sie doch nur genau dasselbe wie ich, nämlich der Wahrheit zu ihrem Recht verschaffen!«

Sie nickte und begleitete mich zur Wohnungstür. Mein Besuch hatte ihr einige Schweißperlen ins Gesicht getrieben, das Rouge auf ihren Wangen war fleckig geworden, und die Wimperntusche war verrutscht. Doch sie sah leider noch immer verteufelt gut aus.

In zehn Jahren ist dein Zauber auch perdu, frohlockte ich innerlich, dann spielst du die Hexe in ›Hänsel und Gretel‹ auf der Bierstädter Naturbühne oder sitzt als Klofrau im Opernhaus, kassierst ein paar Groschen und mußt noch »Danke« sagen.

Die frommen Wünsche hoben meine Laune. Ich hielt an einer Bäckerei, kaufte mir ein Mandelhörnchen und vertilgte es lustvoll.

Bei der Fahrt in die Redaktion fiel mir ein netter Spruch aus dem »Zerbrochnen Krug« ein:

So nimm, Gerechtigkeit, denn deinen Lauf!

Irgendwo hatten die alten Klassiker doch eine Menge auf dem Kasten!

Ohne Tricks und Gott befohlen

»Es geht um einen Diebstahl«, erzählte ich Peter Jansen, »ein Mann wird um sein Werk betrogen und umgebracht, damit er nichts dagegen unternehmen kann!«

»Ach nee?« Jansen war von meiner Idee nicht gerade angetan. Er konnte Morde nur gutheißen, wenn sie aus niederen Beweggründen geschahen, also aus Geldgier, Haß und verkorkster Sexualität. Hehre Motive wie Selbstverwirklichung, Befreiung von Unterdrückung und Ausbeutung waren ihm leider fremd.

»Es gibt Dinge in diesem Leben, mein Lieber«, dozierte ich, »von denen hast du keine Ahnung! Weil sie mit Psychologie und Sensibilität zu tun haben, die nur begriffen werden können, wenn man tief in die Seele eines Menschen eindringt und sich ganz auf ihn einläßt.«

»Und ausgerechnet du bist so eine sensible Meisterpsychologin?« Er wollte sich schier ausschütten vor Lachen. »Unser Grappa-Mäuschen als Seelenklempnerin! Warst du es nicht, die damals einen Ehemann als ›Witwer‹ angeredet hat, bevor er wußte, daß seine Frau überhaupt tot war?«

»Nichts als heimtückische Unterstellungen!« maulte ich. »Aber hör dir die Story an, die hat es in sich. Beutelmoser hat Prätorius wegen eines Romans umgebracht, den er in etwa vier Wochen auf den Markt bringt. Was sagst du nun?«

»Kannst du es beweisen?«

»Ja. Die Schauspielerin Beate Elsermann ist meine Kronzeugin. Sie wird morgen eine Eidesstattliche Versicherung abgeben, daß sie Nellos Manuskript gesehen hat. Dann kommt Beutelmoser ins Schleudern.«

Er war nicht begeistert. »Das reicht doch nie! Beutelmoser wird trotzdem behaupten, daß er den Schmöker verfaßt hat. Oder hast du das Originalmanuskript, damit wir vergleichen können?«

»Nein, nicht das ganze Manuskript«, gestand ich, »nur eine Seite davon. Seite 113. Und die auch nur als Kopie.«

»Das ist alles? Vergiß die Sache!«

»Aber die Seite ist auf Nellos Schreibmaschine getippt worden! Genau wie der Rest des Manuskriptes. Beutelmoser muß uns das Original zeigen, und wir vergleichen die Schrifttypen. So könnten wir ihn kriegen!«

Jansen war noch immer nicht überzeugt. »Ob er gerade uns sein Manuskript vorlegt, wage ich zu bezweifeln. Und selbst wenn, was ist, wenn er den ganzen Text nochmal abgeschrieben hat?«

»Daran habe ich auch schon gedacht.« Er hatte recht, die Sache hatte viele Unsicherheiten. Aber so schnell wollte ich meinen Traum nicht aufgeben.

»Na gut, ganz ausgereift ist die Story noch nicht, aber mit ein bißchen Bluff und viel Glück könnte was draus werden. Wenn die Elsermann behauptet, daß ...«

»Warum sollte die uns helfen?« unterbrach er mich. »Wir haben sie mit deiner Klinik-Nummer ganz schön reingelegt. Und deine Bildunterzeile war ja nicht gerade zimperlich. ›Auf dem Weg zur Weltkarriere: Schauspielerin Beate Elsermann feierte ihren mißlungenen Selbstmordversuch mit Sekt und Zigaretten und träumt von ZDF-Star Sascha Hehn‹. Mich wundert heute noch, daß sie uns keinen Anwalt auf den Hals geschickt hat.«

»Die hat mir längst vergeben! Ehrlich! Die guckt doch nur darauf, ob ihr Name richtig geschrieben und das Foto auch vorteilhaft ist. Die unterschreibt, darauf kannst du wetten. Und dann schüttel ich den Beutelmoser durch!«

»Diesmal ohne Tricks?« Er traute dem Braten nicht.

»Fast keine. Ich helfe nur ein ganz kleines bißchen nach.«

»Ich weiß von nichts!«

»Klar. Wie immer.«

»Und wenn's schief geht?«

»Bin ich's gewesen. Auch wie immer.«

»Dann Gott befohlen!«

Der klerikale Ausspruch haute mich fast um. Er kniff mir ein Auge zu. Ich hatte sein Okay.

Spurensucher, Traumschiffer und Romantiker

Das Leben hält doch immer eine Fülle von kleinen und großen Überraschungen bereit. Es war schon eine große Überraschung, als ich am anderen Morgen gegen elf Uhr vor Beate Elsermanns noblem Penthouse parkte und ein Polizeiauto davorstand. Ich dachte mir nichts Böses, ging in den Lift, die Hydraulik brachte mich nach oben. Die Tür zu ihrer Wohnung war geöffnet.

Ich trat ein und sah die Herren von der Spurensicherung, die mir bei Kapitalverbrechen häufig über den Weg liefen. Da wußte ich, was passiert war: Beate Elsermann hatte ungebetenen Besuch gehabt, und es war ihr letzter gewesen.

Dann sah ich sie. Das schöne Kind lag hingestreckt auf ihrem Bett. Die häßlichen Würgemale am schlanken Hals verschandelten ihr Outfit kaum, die angewinkelten Arme ahmten eine elegante Wurfbewegung nach. Lediglich die geöffneten Augen und die kleine rosa Zunge, die zwischen den Raubtierzahnreihen eingeklemmt schien, störten das harmonische Bild einer schönen Frau in ihren Kissen.

»Hübsch, was?« meinte einer der Spurensucher, als er mich erblickte.

»Geht so, lebend wäre sie mir lieber!«

»Mir auch, Frau Grappa!« sagte er, schnalzte mit der Zunge und grinste. Dann ließ er sich auf den Flickenteppich vor ihrem Diwan sinken und krabbelte in den Nähten. Mieser Job, dachte ich, die Rückstände anderer Leute einsammeln zu müssen.

Der Polizeiarzt rückte mit seinem Koffer an und packte ihn umständlich aus. Ich hielt mich im Hintergrund und versuchte, an die Kamera in meinem Beutel heranzukommen. Die mußten ja nicht unbedingt wissen, daß ich neuerdings auch Fotos machte, um nicht völlig zu verarmen.

»Noch keine acht Stunden«, sagte der Doktor, »erwürgt von kräftigen Händen. Ein Könner! Einmal gepackt und gleich zugedrückt, bis zum Exitus. Kein Sexualdelikt. Macht die Fotos, dann könnt ihr sie einpacken, den Rest macht der Pathologe.«

Der Polizeifotograf schlurfte heran und blitzte. Ich nutzte die Gelegenheit und blitzte auch. Ein Aufwasch.

Der Einsatzleiter kam ins Zimmer. Ich versteckte die Kamera unter meiner Jacke. Er tat so, als hätte er nichts bemerkt. Bei seinem letzten Flop hatte ich ihn pressemäßig geschont, das zahlte sich jetzt aus.

»Liebe Frau Grappa!« sagte er. »Was führt Sie hierher? Der Polizeifunk?«

»Diesmal nicht, Herr Schmidt«, flötete ich, »schade, daß wir uns immer bei solch unerquicklichen Anlässen sehen. Heute war's ein Termin, den ich bei der Dame hatte. Wir wollten gemeinsam zu einem Anwalt.«

Ich erzählte ihm die Story in einer bereinigten und leicht geschönten Kurzfassung. Er hörte aufmerksam zu.

»Wer hat es getan?« wollte ich dann wissen.

»Gut gefragt, Frau Grappa. Die Frage hätte ich nicht präziser stellen können. Es war vergangene Nacht, es war ein kräftiger Mann, und sie hat ihn freiwillig hereingelassen. Mehr wissen wir noch nicht.«

»Haben die Nachbarn was gesehen?«

»In dieser Nobelherberge? Die sind so vornehm, daß sie sich vom eigenen Schlüsselgeräusch in der Tür belästigt fühlen. Nein, niemand hat etwas bemerkt. In der Wohnung selbst gibt es ein paar Fingerabdrücke, doch die müssen erst noch überprüft werden.«

»Haben Sie überhaupt keine Spur?«

»Eine kleine. Meine Kollegen sind gerade zu einem Herrn Austerlitz unterwegs, dem Freund der Toten. Mal sehen, wo er die gestrige Nacht verbracht hat.«

»Vergessen Sie ihn! Er war nur einer von vielen Freunden«, korrigierte ich, »die Dame hatte ein großes geldgieriges Herz. Nahm alles mit, was zu kriegen war. Es kann auch ein anderer gewesen sein. Haben Sie überhaupt keinen Anhaltspunkt für einen späten Besucher?«

»Austerlitz ist unser Mann«, sagte Schmidt. »Erst die Geiselnahme mit Waffengewalt im Stadttheater und nun ein Mord. Damals ging es ja auch um diese Dame hier.« Er sah die Lösung des Falles in greifbarer Nähe.

»Viel Glück, Herr Hauptkommissar«, wünschte ich, »und wundern Sie sich nicht, wenn die Sache ganz anders liegt. Austerlitz ist nicht Ihr Mann, die Sache liegt komplizierter.«

Ich sah, wie der Körper an Armen und Beinen gepackt und in den Blechsarg gelegt wurde. Aus der Traum vom Traumschiff, dachte ich, und Mitleid strömte in mein Herz, Sascha Hehn wird ohne dich schippern gehen müssen, Mausi!

Die Kripoleute schafften den Sarg aus der Wohnung. Ich schaute hinterher und zweifelte für zwei Sekunden am Sinn des Lebens.

Aber etwas Gutes hatte die Sache doch: der hübsche Mann mit den glühenden Brikettaugen war nun völlig auf mich angewiesen. Niemand glaubte an seine Unschuld, noch nicht einmal unsere gutherzige Polizei.

Henna, Gurke, Quark und Tod machen mir die Wangen rot

Boris Austerlitz wanderte einige Stunden später ins Untersuchungsgefängnis. Er hatte kein Alibi für die Nacht der Tat, weil er überhaupt kein Wort sprach. Der Schock hatte ihn bewegungsunfähig gemacht. Ich verschob den Plan, ihn zu retten, denn ich hatte einen Besuch bei Lazarus Beutelmoser im Auge. Der war zur Zeit wichtiger für mich.

Doch noch wichtiger war, daß ich mich äußerlich auf den neuesten Stand brachte. Ich töpferte mir ein Pfund Henna aufs Haar, rührte mir eine Gesichtsmaske aus Gurkenscheiben, Eigelb und Sahnequark an und legte mich aufs Sofa.

Das Buch in meiner Hand trug den Titel »Der Tod hat blaue Augen«. Ich mußte es lesen und besprechen. Der

Hochstapler, ein großer schöner Mann in engen Reithosen und weißem Hemd mit enganliegender Weste, tigerte im schottischen Hochmoor von Herrenhaus zu Herrenhaus. Die ganze Sache spielte vor etwa 200 Jahren. Alle Menschen, die in dem Schmöker vorkamen, waren schön, oder sie hatten wenigstens Geld.

»Du bist meine Liebste und meine Frau — für immer und ewig!« Das waren die letzten Sätze des Romantik-Thrillers. Ich hatte es geschafft, verdammte das Werk in Grund und Boden und hatte wieder 300 Mark für mein rotgefärbtes Konto erarbeitet.

Inzwischen war die Hennapaste à point. Auch die Gesichtsmaske durfte lange genug draufgewesen sein. Der Quark hatte sich mit dem Eigelb zu einer klebrigen Masse verbunden, die bereits erste Risse zeigte. Meine Hautoberfläche sah aus wie ein indisches Flußbett nach einer langen Trockenperiode.

Meine Katze Miou kam um die Ecke, erblickte mich, zuckte zusammen und verkroch sich geschockt unter dem Bett.

Ich spachtelte mich ab und rief bei Beutelmoser an.

»Wissen Sie schon, daß Ihre Eve das Zeitliche gesegnet hat?« fragte ich. Mein Ton war richtig munter, ich wollte ihn nicht erschrecken.

»Was meinen Sie?« Er war schwer von Begriff oder tat zumindest so.

»Beate Elsermann hatte vergangene Nacht Besuch. Ihr Gast hat sie erwürgt.«

Pause. »Wie schrecklich«, murmelte er, »das ist ja furchtbar. Weiß man, wer es getan hat?«

»Die Polizei tappt noch im Dunkeln. Das heißt aber nicht viel. Die Leiche ist erst vor wenigen Stunden gefunden worden.«

»Dieser junge hoffnungsvolle Mensch!«

Mir war, als sprühe er seine Speichelfontänen durch die Telefonleitung.

»Dafür, daß Beate Elsermann Ihre Geliebte und Ihre Muse war, reagieren Sie erstaunlich gefaßt, Herr Beutelmoser!«

»Muß ich meinen Schmerz aller Welt kundtun?«

»Sie müssen gar nichts. Hat Frau Elsermann Sie gestern abend noch angerufen?«

Sein »Nein« kam zu prompt, um wahr zu sein.

»Schade«, sagte ich, »Frau Elsermann hatte Beweise, daß nicht Sie der Autor sind, sondern Nello diesen Adam-und-Eve-Roman geschrieben hat. Prima für Sie, daß sie tot ist, oder?«

Er legte auf. Irgendwie hatte ich ihn geärgert.

Ich föhnte mir das Haar trocken und machte mich ausgehfertig. In der Redaktion schrieb ich die Story über Elsermanns Tod. Das Foto setzte ich vierspaltig unten auf. Eigentlich brachten wir ja keine Fotos von Leichen. Doch die Sitten waren seit Barschels Beau-Rivage-Abenteuer lockerer geworden.

Fünf Männer und keine Frau

Ich bekam keine Besuchserlaubnis für Boris Austerlitz. Ich wandte mich an seinen Anwalt. Noch immer wußte ich nicht, was er mir vor zwei Tagen hatte mitteilen wollen.

Es dauerte wiederum ganze zwei Tage, bis mir sein Advokat die Nachricht auf den Telefonanrufbeantworter sprach. Die Botschaft war schlicht und eindeutig: »Kümmern Sie sich um die ›Loge‹!«

Ich überlegte. Diese Spur hatte ich in den letzten Tagen vernachlässigt. Austerlitz hatte recht, hier mußte ich weitermachen.

Ich wählte die Telefonnummer des Kulturdezernenten.

»Hallo, Herr Höfnagel!« flötete ich. »Wie geht es Ihnen? Lange nichts mehr von Ihnen gesehen und gehört.«

»Schenken Sie sich die Höflichkeitsfloskeln. Was gibt es?«

»Erinnern Sie sich an unser Gespräch nach Nellos Beerdigung? Sie haben damals die ›Loge‹ erwähnt. Darüber muß ich noch einmal mit Ihnen reden. Können wir uns treffen?«

»Das geht schlecht. Ich habe in zwei Stunden Kulturausschußsitzung. Dort beginnt die erste Runde um den Posten des Generalintendanten.«

»Ach? Ist Feudel denn noch im Rennen?«

»Und wie! Er ist der Favorit der Mehrheitsfraktion. Besonders dem Ausschußvorsitzenden ist unser Nachtwächter ans Herz gewachsen.«

»Und? Können Sie die Sache verhindern?«

»Ich versuch's. Andere Bewerber interessieren sich auch für den Posten. Unser ehemaliger Schauspieldirektor, der Vorgänger von Knulp zum Beispiel. Der langweilt sich zur Zeit in den neuen Bundesländern.«

»Ist das nicht der, der mit der Theaterkasse durchgebrannt ist?«

»Ach Quatsch! Die Sache ist längst geklärt. Er ist halt ein Schussel. Immer noch besser als jemand, der sein Geld mit der Ausbeutung von Nachtwächtern verdient.«

»Ich sehe schon, die Bierstädter Kultur ist in den besten Händen!« Es sollte ironisch klingen.

Wir verabredeten uns für den Abend. Ich setzte meinen Kopfhörer auf und zog mir Beethovens »Fidelio« rein. Richtig konzentrieren konnte ich mich nicht, denn ich dachte dauernd an einen blassen Mann mit breitem Gesicht, der so gerne Schauspieler geworden wäre.

Analphabeten kämpfen nicht für die Pressefreiheit

Im »Pinocchio« servierte mir Luigi köstliche Pasta mit in Butter goldgelb gebackenem Salbei. Es geht doch nichts über ein gutes Essen in meinem Stammrestaurant, dachte ich, mit vollem Magen läßt sich besser denken.

Ich versuchte, Höfnagel die Speisekarte zu erklären, denn seine Kenntnis der italienischen Küche erschöpfte sich in »Pizza«.

»Wie kommt es«, fragte ich, »daß Sie als Kulturmensch so gar keinen Wert auf gehobene Lebensart legen? Die ständige Beschäftigung mit dem Guten und Schönen hätte Sie doch längst erhöhen müssen?«

»Ich stamme aus kleinen Verhältnissen und mußte mir alles im Leben erkämpfen«, gestand er und machte sich über die Grissinis her, die im Nu verschwunden waren. »Und im Studium habe ich dann später gelernt, daß die Kultur stets das Vorrecht einer kleinen Minderheit war, eine Sache von Reichtum, Zeit und zufälligem Glück. Die Kultur erhebt das Individuum, ohne es aus seiner tatsächlichen Erniedrigung zu befreien.«

»Na und? Das war vielleicht früher einmal so. Aber heute hat doch jeder die Chance, sich an Kunst und Kultur zu erfreuen.«

»Glauben Sie, daß Feudels Wachmänner ins Theater gehen? Oder eine Ausstellung besuchen?«

»Warum nicht? Die Bühnen werden hoch genug aus öffentlichen Geldern subventioniert, so daß sich auch Nachtwächter Karten kaufen können!«

»Was nützt den Analphabeten die Pressefreiheit?«

»Wenn die irgendwann doch mal lesen lernen?«

»Sie sind eine Romantikerin, Frau Grappa!«

»Und Sie haben Ihre Sturm- und Drang-Zeit in den 68ern nicht richtig verdaut. Wenn Sie das alles wissen, warum hat Bierstadt dann so eine miefige Provinzkultur?«

Er zuckte die Schultern und trank das Glas Barbera in einem Zug aus. »Jede Stadt hat die Kultur, die sie braucht. Der ›Zigeunerbaron‹ und die ›Gräfin Mariza‹ sind einfach nicht totzukriegen. Doch auch die ›Antigone‹ von Sophokles oder Goethes ›Iphigenie‹ haben ihre Zuschauer, wenn auch nicht sehr viele. Dazwischen versuche ich zu balancieren.«

»Na also!« tröstete ich ihn. »Schenken Sie den Leuten doch Träume von Schönheit, Edelmut und Reichtum!« Lassen Sie sie schwelgen in Heldentaten, die sie selbst nie vollbringen würden! Kultur und Kunst entgiften die Wahrheit und rücken sie ab von der Gegenwart.«

»Doch was in der Kunst geschieht, verpflichtet zu nichts!«

»Sie haben eine merkwürdige Ideologie! Zwischen Marx, Marcuse und Lieschen Müller.«

»Besser eine Ideologie als gar kein Hobby!«

Ich lachte und sagte: »Ich mag keine Ideologien. Sie sind grimmige Bollwerke in unserer Seele. Der Verstand wird durch sie ins Exil geschickt.«

Wir schwiegen, vermutlich weil wir uns beide intellektuell verausgabt hatten. Dann kam der Hauptgang.

»Reden wir über die ›Loge‹!« schlug ich vor. »Ich hab mir im Vereinsregister die Karteikarte angeguckt. Sieben Gründungsmitglieder gibt es — wie bei jedem Karnickelverein. Bis auf zwei kenne ich alle. Feudel, Beutelmoser, Prätorius, Pistor und Beate Elsermann. Wer aber sind Otto Grünger und Ernst Lotterbeck?«

»Grünger ist auch da drin? Interessant! Otto Grünger hat ein kleines teures Weinlokal im Kreuzviertel. Da trifft sich die ›Loge‹ zu ihren monatlichen Weinproben.«

»Und wer ist Lotterbeck?«

»Keine Ahnung. Ich habe den Namen nie gehört. Ist er wichtig?«

»Kann ich nicht sagen. Aber ich habe immer gern alles komplett.«

Der Ziegenbraten auf sizilianische Art schmeckte hervorragend. Er wurde mit Knoblauch, Chilischoten, Granatäpfeln und Orangensaft geschmort. Ein oder zwei Prisen Zimt gaben dem »Capretto« einen aparten Hauch. Ich hatte mir einen Corvo Rosso dazu bestellt.

Als ich wieder sprechen konnte, fragte ich: »Was könnte mich an der ›Loge‹ interessieren?«

Höfnagel schaute wie einer, der nichts Ehrenrühriges über andere Leute sagen will und weiß, daß er es nicht durchhält. »Ich weiß nur, daß alle vier durch die ›Loge‹ zu Geld gekommen sind!«

»Interessant! Aber der Verein muß doch nach dem Vereinsgesetz ordnungsgemäß geführt werden. Einmal im Jahr eine Mitgliederversammlung mit Rechenschaftsbericht, Kassenprüfung, Entlastung des Vorstandes und all diesem Zirkus.«

»Ja sicher. Da gehen monatlich jede Menge Spenden ein, die allerdings auch verbucht werden. Das Finanzamt kontrolliert auch, denn die Spender setzen ihre Gaben ja immerhin von der Steuer ab.«

»Wer macht die Buchhaltung?«

»Der Finanzchef von Feudels Firma ›Fidelio‹!«

»Das könnte dieser Lotterbeck sein«, überlegte ich, »doch mir ist immer noch nicht klar, was da nicht koscher ist. Außerdem suche ich ein bis zwei Mörder! Die würde ich eigentlich lieber finden. Aus der ›Loge‹ kann doch höchstens eine kleine Steuerhinterziehung werden.«

»Wer sagt Ihnen, daß nicht alles zusammenhängt?«

Da hatte er recht. Geld und Mord gingen oft eine unselige Verbindung miteinander ein.

»Ich müßte mal an einem Logen-Treffen teilnehmen«, sinnierte ich, »und ein paar Fragen stellen. Mir die Leute im Zusammenhang angucken. Wie komme ich da rein?«

Höfnagel lächelte süffisant. Dann schneuzte er sich in die Zellstoff-Serviette. »Durch mich. Feudel hat mich gebeten, ›Logen‹-Mitglied zu werden. Ich soll den Platz von Nello einnehmen.«

»Na sowas! Alles Taktik! Der will Sie wohl auf seiner Seite haben, wegen seiner Bewerbung.«

»Natürlich ist das Taktik! Aber auch auf meiner Seite. Ich will in die ›Loge‹, damit er kein Generalintendant wird.«

»Das kann ja heiter werden!« freute ich mich. »Wie also komme ich dazu?«

»Die monatliche Weinprobe. Übermorgen bei Otto Grünger.«

Der Wein als Vagabund im Mund

Die »Loge« hatte sogar Glück mit dem Wetter. Die Sonne verteilte ihre Wärme und ihr Licht im Übermaß. Vermutlich das letzte Mal in diesem Sommer, der gar keiner war. Im Hinterhof des Weinlokals war ein langer Tisch aufgestellt, davor Sitzbänke. Das rustikale Ambiente ließ nicht vermuten, daß es hier hochklassige Weine geben könnte.

Ich kam später, nur so konnte ich meinem Auftritt eine besondere Note geben. Ich ging durch den Laden in den Hof. Der erste, der mich erblickte, war Ralf-Maria Feudel, der Nachtwächter-Chef, der so gerne Generalintendant der Bierstädter Bühnen werden wollte.

Ich trat an den Tisch. Feudel guckte genervt, doch seine kurze Oberlippe zwang ihn zu einem Lächeln.

»Guten Abend, die Herren!« grüßte ich. »Herr Höfnagel war so freundlich, mich hierher einzuladen.«

Ich blickte zu Höfnagel. Der verstand meine Aufforderung und sagte: »Schön, daß Sie da sind, Frau Grappa! Ich hoffe, ihr habt nichts dagegen?«

Niemand in der Runde traute sich, das Gegenteil zu behaupten. Nach einer Weile setzte ich mich neben Höfnagel. So hatte ich Feudel gut im Blick, genauso wie seinen Leibwächter.

Ich konnte es nicht lassen. »Hallo, Putzi!« entfuhr es mir. Er grunzte unfreundlich.

»Der kann ja sogar sprechen!« stellte ich fest. »Putzi« sah heute abend besonders adrett aus. Seine weißblonden Haare waren nachgetüncht und frisch eingedreht, sein mächtiger Brustkasten steckte in einer sommerlich-hellen Jacke mit Goldknöpfen. Das Hemd stand offen und gab den Blick auf den dunklen Flokati frei, das Goldkettchen blitzte verführerisch.

»Haben Sie Putzi so hübsch gemacht?« fragte ich Feudel.

Auf dessen Stirn hatten sich bereits jetzt Schweißperlen gebildet. »Putzi« gab einen weiteren Laut von sich. Ich konnte ihn in mein Sprachmuster nicht einordnen.

»Können Sie ihn nicht anleinen?« fragte ich. »Sonst beißt er womöglich noch!«

Endlich regte sich Feudel. »Warum ist diese Frau hier?« fragte er und schaute Jacques Höfnagel anklagend an. Sein teigiges Gesicht bekam vor Ärger eine gesunde Farbe. »Was willst du damit bezwecken, Jacques?«

Höfnagel grinste. »Ralf-Maria, du mußt die ganze Sache

unter einem sportlichen Aspekt sehen. Ein Mitglied eurer Vereinigung ist ums Leben gekommen. Ihr bietet mir diesen freien Platz nun an. Doch die genauen Umstände des Todes von Nello sind noch immer nicht geklärt. Frau Grappa ermittelt in diesem Fall, und wir sollten behilflich sein. Findest du nicht?«

»Für mich steht fest, daß die Entführer ihn getötet haben. Er hat unter ihnen seinen eigenen Sohn entdeckt, und der hatte Angst vor einer möglichen Entlarvung. Und falls die Kidnapper es nicht waren ... ich dachte immer, die Polizei sei für Ermittlungen in Mordfällen zuständig!«

»Der Erfolg heiligt die Mittel. Frau Grappa glaubt, daß Nellos Tod etwas mit der ›Loge‹ zu tun hat. Ich habe ihr gesagt, daß ich mir das gar nicht vorstellen kann. Also habe ich Frau Grappa zu dieser Weinprobe eingeladen. So kann sie sich selbst davon überzeugen, daß ihr alle ganz harmlos seid!«

Dabei blickte er in die Runde und fixierte Beutelmoser und Pistor. Die beiden warteten erst einmal ab und machten neutrale Gesichter. Eine lockere Stimmung würde nicht aufkommen. Irgendwer störte, und ich hatte das Gefühl, daß ich diese Person war.

Vielleicht würde der Alkohol etwas Leben in die langweilige Herrenrunde bringen! Flinkes Personal stellte winzige Probiergläser vor uns auf. Laut Liste gab's nun leichte Weißweine.

Der Präsentator des kühlen Nasses tauchte auf. Otto Grünger begrüßte seine Freunde mit Handschlag und ließ die üblichen Begrüßungsfloskeln ab. Dann begann das Ritual.

Auch ich schätze einen guten Tropfen, so daß ich seinen Worten andächtig lauschte. Die wahre Poesie unserer Zeit wird hier gesagt, dachte ich, der Mensch beschreibt Genüsse und wächst dabei verbal über sich selbst hinaus.

Aus »sauer« wird »fruchtig«, aus »dumpf« wird »abgeklärt«, und aus »überfällig»wird »reif«. Otto Grünger schien ein Meister seines Fachs. Er senkte die Zunge in die erste Probe, sog den Wein ein, legte den Kopf nach hinten und schloß die Augen.

Nach einer kurzen Weile der Andacht sprach er: »Es handelt sich bei diesem Weißwein um einen Grünen Veltliner, Rotes Tor, Kabinett. Lassen Sie ihn wirken, geben Sie sich hin, und Sie werden die rauchige typische Note schmecken, fest und kompakt, relativ streng. Im Abgang läßt es sich dann nicht mehr verbergen. Es handelt sich um einen harmonischen und charakteristischen Veltliner. Tauchen Sie ein, meine Dame, meine Herren!«

Die »Loge« schloß gemeinsam die Augen, um den Tropfen zu genießen. Mit den Zungen wälzten sie die Flüssigkeit von einer Maultasche zur anderen, schmeckten fachmännisch ab, spitzten die Lippen und schluckten. Sie verharrten eine Weile, um den Abgang des Weißen nicht zu verpassen.

»Typischer Veltliner«, bestätigte Paul Pistor, »ich habe dort mal Urlaub gemacht. Ich kenne die Tropfen. Ein schönes Weinchen, ja wirklich!«

Die anderen schwiegen. Ich hielt mein Glas gegen die Sonne. Es war leicht beschlagen, der Wein hatte einen leicht grünlichen Ton. Ich liebe diese frischen, kühlen, säuerlichen Tropfen.

Reiß dich zusammen, sagte ich mir, trink nicht zu viel und zu schnell, damit du die Sache im Griff behältst.

Otto Grünger gab seinem Personal ein Zeichen. Die Gläser wurden abgeräumt und flugs durch neue ersetzt.

Lazarus Beutelmoser saß mir schräg gegenüber. Die Abendsonne machte sein Gesicht runder und verlieh seiner Haut einen seidigen Glanz.

Ich nahm noch einen Schluck. Mein Herz wurde leicht, und meine Seele balancierte auf Daunen. In solchen Momenten werde ich meist sentimental. Schon passierte es: Dieser arme alte Mann, dachte ich. Wenn er wüßte, was du gegen ihn im Schilde führst! Willst ihm die Freude an seinem Werk nehmen. Dann fiel mir ein, daß es wahrscheinlich nicht sein Werk war, und ich riß mich zusammen. Journalisten auf Recherche kennen keine Gnade! Ich schnappte das letzte Weißbrotstückchen vom Teller.

»Jetzt werde ich Ihnen meine Theorie über den Mord an Ihrem Vereinsmitglied Nello von Prätorius erläutern!«

Um die Spannung zu erhöhen, kaute ich etwas länger als notwendig auf dem Brot herum. Ich fühlte mich wie Meisterdetektiv Sherlock Holmes, der seine Fälle zum Schluß im Kreise der Verdächtigen löst. Geniale Ermittlungsmethoden, überdimensionale Intelligenz und ausgefeilte Redetechnik — ich ging ähnlich vor wie das britische Superhirn. Nur Holmes hatte nie ein Weinglas in der Hand, wenn er die Verbrecher zur Strecke brachte.

»Der Mörder von Nello von Prätorius hat die Gunst der Stunde genutzt«, erzählte ich mit leichten Schwierigkeiten bei den Zisch-Lauten.

»Als Ihr Logen-Bruder freigelassen wurde, ist Nello freiwillig zu seinem Mörder hingegangen. Um sich auszuweinen, sich zu erholen oder nur, um mit jemandem zu sprechen.«

»Wer von uns könnte das sein?« fragte Höfnagel harmlos. Ihm schien der Anfang meiner Geschichte zu gefallen. Er guckte neugierig in die Runde. Doch er sah nur vereiste Mienen.

»Es war jemand aus Ihren Reihen, zu dem er sich geflüchtet hat. Die Frage ist nur, wer? Und vor allen Dingen, warum? Wer immer Nello von Prätorius erschlagen hat, mußte einen triftigen Grund dafür gehabt haben!«

»Weiter!« drängte Höfnagel. »Die Sache gefällt mir. Grappa führt die Ermittlungen wie in diesen englischen Detektivromanen. Die Verdächtigen sitzen in trauter Runde zusammen, und durch die Schärfe des Verstandes des Detektives kommt alles heraus, der Täter gesteht und bricht zusammen. Wie bei Miß Marple.«

Ich schluckte. Warum verglich er mich ausgerechnet mit dieser alten Schrulle?

»Ich kann das überhaupt nicht witzig finden«, schimpfte Feudel und schaute Höfnagel wütend an, »wir sind doch hier nicht bei der Inquisition. Was berechtigt diese Journalistin, uns den Abend zu verderben? Die behandelt uns so, als wären wir ein Mörderclub!«

»Wenn du Intendant werden willst, dann muß du noch mehr aushalten als dieses Geplänkel!« gab ihm der Kulturdezernent eins über. »Also stell dich nicht so an! Weiter, Frau Grappa!«

»Wie Sie wollen! Also, wir waren bei dem Grund für den Mord. Oder — bei den Gründen. Die werde ich Ihnen jetzt darlegen!«

»Dieser Wein«, tönte Otto Grünger dazwischen, »ist im Barrique ausgebaut. Lassen Sie ihn leicht über die Zunge gleiten, und Sie werden merken, wie er in Ihrem Mund vagabundiert. Ist dies nicht ein betörendes Spiel, reintönig mit der feinen Frucht von reifen Brombeeren?«

Die Herren schlürften die Tropfen durch die Zähne in den Mundinnenraum. Verharrten und warteten. Das Vagabundieren erforderte seine Zeit.

Ich tauchte meine Zunge nur ganz kurz ins Glas und spuckte schaudernd wieder aus. Der edle Wein erinnerte mich an einen Beichtstuhl. Er schmeckte nach dem Geruch, den ich als kleines Mädchen inhalieren mußte, wenn mich der Priester bei der Beichte nach den Haupt- und Nebensünden befragte.

»Wir waren bei den Gründen. Herr Pistor! Erinnern Sie sich noch an einen Tag vor etwa 25 Jahren, als Sie die Hauptrolle in Lessings ›Nathan, der Weise‹ spielten? Am Tag zuvor hatte Sie Nello in Grund und Boden rezensiert. Sie verließen die Bühne nach einem Akt, gingen in den Zuschauerraum und hauten Prätorius eine runter. Dann spielten Sie weiter, und Bierstadt hatte seinen Theaterskandal.«

»Gut recherchiert!« lobte Pistor. »Die Sache damals hat mir wirklich Spaß gemacht. Ich habe ihm mit großer Freude eine gelangt. Danach fühlte ich mich besser, und wir wurden Freunde.«

»Ich weiß«, sagte ich, »aber da gibt es noch was: Sie waren damals mit einer jungen Schauspielerin verlobt, sie wurde später Nellos Frau, und er hat sie zugrunde gerichtet. Hat Sie das völlig kalt gelassen?«

»Eine Frau kann eine echte Männerfreundschaft nicht verhindern«, polterte Pistor los. »Nachdem Anneliese Nellos Frau wurde, habe ich die Sache vergessen. Es wäre doch völlig verrückt, ihn 20 Jahre später deswegen umzubringen. Ich bin ein jähzorniger Mensch, Frau Grappa! Bei mir muß alles sofort raus. Glauben Sie, ich trage 20 Jahre lang ein Schwert in meinem Gewande?«

Nein, das glaubte ich wirklich nicht. »Ich muß alle Möglichkeiten in Betracht ziehen«, meinte ich. »Aber ihr Motiv ist nicht so schwerwiegend wie das von anderen.«

Pistor rückte seinen Bauch zurecht und wandte sich den Flüssigkeiten auf dem Tisch zu. Für ihn war die Sache erledigt.

»Bleiben nur noch Höfnagel, Beutelmoser und Feudel.«

Der Kulturdezernent schaute mich überrascht an, als er seinen Namen im Kreise der Verdächtigen wiederfand.

»Höfnagel ist jemand«, fuhr ich fort, »der Menschen nicht haßt, sondern nur verachtet. Der sie nicht liebt, sondern nur benutzt. Zur Liebe wie zum Haß braucht der Mensch Gefühle, die wie Feuer brennen. Daß Höfnagel dem armen Nello mit dem Spazierstock eins übergezogen hat, kann ich mir nicht vorstellen.«

»Das ist aber überhaupt kein Kompliment«, maulte Höfnagel, »ich morde also nicht, weil mir die Menschen egal sind, oder?«

»Exakt. Jetzt zu Ihnen, Herr Feudel. Sie wollen noch immer Generalintendant der Städtischen Bühnen werden. Dieser Wunsch ist zu einer fixen Idee geworden. Sie sind ein erfolgreicher Geschäftsmann, Sie haben die ›Loge‹ gegründet, und alle, die Ihnen auf Ihrem Weg gefolgt sind, haben sich — wir sagen mal — finanziell saniert. Ich weiß, daß Ihr Verein ein großes Vermögen besitzt. Und daß das Geld irgendwo hinfließt, wo es nichts zu suchen hat.«

Meine Kunstpause ließ die Spannung steigen. Sogar »Putzi« tat, als würde er meine Worte verstehen.

»Irgendwas stimmt mit der ›Loge‹ nicht. Nello waren diese Unregelmäßigkeiten bekannt. Hat er Sie vielleicht erpreßt, Herr Feudel?«

Feudel guckte mich verdutzt an. Seine Verwunderung schien echt zu sein. Die Oberlippe zitterte. Ich starrte ihn an. Irgendwas würde gleich passieren. Er zieht mir eine mit der Weinflasche über den Schädel, dachte ich, oder läßt seinen Wachhund auf mich los.

Doch Feudel tat Ungewöhnliches. Er ignorierte seine zu kurze Oberlippe und brüllte los vor Lachen. Er lachte und lachte, und die Tränen liefen ihm übers Gesicht.

Ich schwieg verdattert. Und dann gröhlte »Putzi« auch noch mit. Es waren Geräusche wie im tropischen Regenwald, bevor die Sonne »Gute Nacht« sagt.

Otto Grünger verharrte regungslos mit einer Flasche in der Hand am Ende des Tisches. Er traute sich keinen Schritt näher heran.

Nach einer Weile hatte sich Feudel gefangen. Er trocknete sich das Gesicht mit einem Taschentuch ab und kicherte: »Daß der Abend so lustig werden würde, hätte ich gar nicht gedacht!«

Ich ignorierte seinen Spott und tat meine Arbeit. »Und nun zu Ihnen, Herr Beutelmoser! Nello wird an dem Abend freigelassen. Er ruft Sie an und fragt, ob er vorbeikommen kann. Sie holen ihn mit ihrem Auto am Stadtpark ab. Nello hat sein Romanmanuskript dabei — das Original, versteht sich! Sie haben das Werk bereits in kurzen Auszügen gelesen und halten es für gut. Sie wittern die Chance, das Buch zu stehlen und gleichzeitig den Entführern die Tat in die Schuhe zu schieben. Für mich sind Sie der Mörder! Sie haben Nello getötet!«

Beutelmoser rührte sich nicht. Er hatte die Hand um sein Glas gelegt, und die Handknochen traten weiß hervor. Jetzt fehlt nur noch der Zusammenbruch und das Geständnis, dachte ich, dann ist der Fall gelöst. Zumindest im Film lief das immer so.

»Sie sind eine Teufelin!« zischte Feudel und stand auf. Er stolperte zu Beutelmoser und legte ihm freundschaftlich den Arm um die Schultern. Dann sagte er: »Jeder, der sich diese Beleidigungen nicht mehr anhören will, geht jetzt!«

»Nun warten Sie doch, meine Herren!« rief Otto Grünger verzweifelt aus. Er hatte eine edel aussehende Flasche in der Hand. »Jetzt kommen die französischen Champagnersorten!«

»Saufen Sie Ihren Dreck alleine!« brüllte Paul Pistor. »Wir gehen jetzt! Kommt, laßt uns in eine richtige Kneipe gehen, wo es Bier gibt! Und was Ordentliches zu essen.«

Feudel, Pistor, Beutelmoser und »Putzi« trollten sich.

»Irgendwie ist der Abend in die Hose gegangen«, meinte ich etwas kläglich. Höfnagel widersprach nicht.

Er winkte Otto Grünger heran, und wir begannen mit einem ausführlichen Champagner-Test.

»Ich weiß nicht, was alle Welt an Champagner findet!« sagte ich irgendwann. »Ein trockener Riesling-Sekt ist mir lieber!« Ich scheiterte inzwischen nicht nur an den Zischlauten, sondern verschluckte auch noch die Endungen.

»Grappa-Mäuschen«, lallte Höfnagel, »wir beide haben die Sache grandios vermasselt. Die laden mich nicht mehr ein zu ihren Sitzungen! Und Mitglied werde ich auch nicht mehr!«

»Na und? Was wollen Sie in diesem dämlichen Altherren-Klub?«

»Sag Jacques zu mir!« forderte er.

»Gut, dann sag ich ab heute Jacques zu dir!« versprach ich. »Du darfst Grappa zu mir sagen!«

»Danke!« Er lächelte selig, wollte nach dem Glas greifen und stieß es um. Mit unsicheren Fingern grapschte er danach und warf es mit einem schrillen Schrei hinter sich. Es hörte sich an wie ein russischer Trinkspruch. Dann fiel er rückwärts von der Sitzbank.

Willkommen im Club der Ausbeuter und Scharlatane!

Nur ausgefeilte Schminktechniken und teure kosmetische Hilfsmittel gaben mir ein menschliches Antlitz wieder. Mein Kopf dröhnte, und ich war mißgelaunt, als ich in der Redaktion auftauchte.

Jansen begrüßte mich. »Du siehst aus wie der junge Morgen!« komplimentierte er. Ich glaubte, pure Ironie in seinen Worten zu entdecken.

»Noch sowas, und du kannst dir deine Story in die Haare schmieren«, brummte ich, »ich bin am Ende. Ich komme nicht weiter. Ich weiß nicht, wo ich weitermachen soll. Ich will weg. Ich brauche Urlaub.«

»Könnte es sein, daß du einen Kater hast?« fragte Jansen. Ich konnte ihm nichts vormachen, denn er kannte die Symptome.

»Eine Weinprobe«, gestand ich, »bei Otto Grünger. Mit diesem Herrenclub, der sich ›Loge‹ nennt.«

»Grappa und ein Rudel Wölfe! Ist denn etwas dabei rausgekommen außer deinem Tief?« erkundigte er sich.

»Mein Überblick ist futsch! Ich habe Sherlock Holmes spielen wollen, doch es war noch nicht einmal Miss Marple. Beutelmoser ist Nellos Mörder, doch ich habe nicht den geringsten Beweis!«

»Kopf hoch, Grappa-Mäuschen!« tröstete er mich. »Vergiß den Abend gestern. Mach da weiter, wo du aufgehört hast. Übrigens! Boris Austerlitz hat für dich angerufen. Er kann Beate Elsermann nicht umgebracht haben, denn er hat ein Alibi. Er befand sich nämlich in einer Ausnüchterungszelle wegen Alkohols am Steuer. Die Polizei hat ihn festgenommen, als er gerade eine Stunde wieder zu Hause war. Und er will dich dringend sprechen!«

Eine allumfassende Gleichgültigkeit ergriff mich. »Kann sein, aber ich will nicht mehr! Die Story ist eine Nummer zu groß für mich. Ich spüre es!«

»Maria! Wo ist dein Elan geblieben? Du machst weiter! Ein Kater kann dich doch nicht umwerfen! Denk an deine anderen Stories. Irgendeine heiße Geschichte hatten wir immer, wenn du dich für einen Fall interessiert hast. Du hast ein Händchen für Komplikationen!«

Er führte mich zu einem Stuhl und ließ eine Tasse Kaffee kommen. Dann machte er weiter mit seiner Du-wirst-doch-wohl-funktionieren-Therapie.

»Austerlitz hat es ganz dringend gemacht! Der Junge will dir was über seine gemeuchelte Schnalle erzählen! Also nix wie hin!«

Es reichte. »Sprich nicht so verdammt frauenfeindlich!« schnauzte ich ihn an. »Schließlich ist die Arme tot.«

»Entschuldige! Das originelle Wort ›Schnalle‹ habe ich von dir gelernt. Also was ist? Wann machst du endlich weiter?«

»Wir Journalisten sind widerlich«, bekannte ich, »wir wollen die Menschen nur ausquetschen, interessieren uns nicht wirklich für sie. Gieren nach Sensationen, die wir möglichst clever vermarkten. Unsere Köpfe sind Durchlauferhitzer. Die Information wird eingegeben, umgewandelt in Nachrichten, Schmalz oder Rufmord und wieder ausgespuckt. Als Meldung, Reportage oder Sensationsstory. Wir sind Ausbeuter! Scharlatane! Verbrecher! Dieser Beruf gehört verboten!«

Anklagend schaute ich in die Runde, doch niemand schien beeindruckt und gewillt, sich in Sack und Asche zu hüllen. Ich schlug vor Enttäuschung die Hände vors Gesicht.

»Bringt unserer Grappa einen Schoko-Riegel!« brüllte Jansen durch das Großraumbüro. »Ihr Blutzuckerspiegel kippt ab! Ein bißchen dalli!«

Die Sekretärin sprintete in die Kantine und kam wenig später mit einer hübschen Süßwaren-Kollektion zurück.

»Ich hasse Halbbitter-Schokolade!« sagte ich, als mir Jansen einen Riegel in den Mund schieben wollte. »Ich will Vollmilch-Nuß!«

»Kein Problem! Mund auf! Kau die Nüsse aber richtig, damit du dich nicht verschluckst!«

Ich ließ den Schmelz der Vollmilchschokolade auf meiner Zunge zergehen und lutschte genüßlich die Haselnüsse aus der Masse. Als sie nicht mehr von Schokolade umhüllt waren, klemmte ich die Backenzähne zu und zersplitterte sie. Das Gefühl hatte was!

»Gib mir die Nummer von Boris Austerlitz«, bat ich Jansen, »ich werde mal hören, was er mir zu sagen hat!«

Jansen atmete auf. »So ist es gut, Maria! Endlich bist du wieder die Alte! Willkommen im Club der Ausbeuter und Scharlatane! Hier, iß das!«

Er schob mir die andere Hälfte der Schokoladentafel in den Mund. Als ich wieder reden konnte, wählte ich die Nummer.

Der große Bluff und das blonde Fallbeil

Fünf Stunden später aß ich schon wieder. Im »Pinocchio« knabberte ich mit Hingabe an knusprigem Knoblauchbrot und wartete auf Boris Austerlitz. Der Zeiger meiner Personenwaage dürfte morgen früh im roten Bereich landen. Es war mir egal.

Da kam er. Sein schwarzes Haar war stumpf und zu lang. Er trug ein blaues Hemd, das zu heiß getrocknet und nicht gebügelt worden war, auf der schwarzen Hose prangten einige Flecken. Seine Hände zitterten, als er sich an der Stuhllehne festhalten wollte.

»Wie sehen Sie denn aus?« entfuhr es mir.

»Ich habe seit zwei Tagen nichts mehr gegessen«, krächzte er, »und jetzt habe ich Hunger.«

»Kein Problem«, sagte ich und spürte die kläglichen Reste eines dubiosen Pflegetriebs in mir aufglimmen, »hier ist die Speisenkarte. Es gibt 10 Sorten von Vorspeisen, 20 Nudelgerichte und zehn verschiedene Menues. Betrachten Sie sich als eingeladen. Ich kann die Zeche von der Steuer absetzen!«

Er blickte mich dankbar an. Ich schob ihm die Reste des Knoblauchbrotes hin, und er griff gierig danach.

»Herr Austerlitz«, begann ich, »Sie haben mir bestellen lassen, ich solle mich um die ›Loge‹ kümmern. Warum?«

»Sagen Sie doch Boris zu mir!«

»Gern. Also — was hat es mit der Loge auf sich?«

»Diese ›Loge‹ kümmert sich nicht nur um die Kultur, sondern macht noch andere Geschäfte!«

Das hatte mir Höfnagel auch schon gesagt. »Welche Geschäfte? Und wie kommen Sie darauf?«

Der Kellner unterbrach den Dialog. Boris Austerlitz bestellte eine Vorspeise, ein Nudelgericht, das teuerste Fleischgericht, anschließend die Käseplatte und noch ein Dessert. Ich überschlug den Inhalt meiner Börse, erinnerte mich an den Euroscheck in der Brieftasche. Ich hätte ihm erst nach Beendigung des Essens anbieten sollen, die Rechnung zu bezahlen!

»Manchmal, wenn ich bei Beate war, gab es seltsame Telefonate. Es ging um Unterlagen, um Termine und um viel Geld. Es wurden auch Treffen vereinbart.«

»Merkwürdig. Wissen Sie, wer am anderen Ende der Leitung war?«

»Ich habe keine Ahnung.«

»Hat sie Ihnen die Namen genannt?«

»Nein. Als ich gefragt habe, sagte sie nur, daß es mich nichts anginge. Einmal kam so ein Anruf spät abends. Es war dieser Journalist, Prätorius. Sie hat ihn mit seinem Namen angesprochen. Es ging um eine größere Geldsumme, Beate wollte die Hälfte davon haben. Sie hat sich mit ihm gestritten.«

»Wann war das?«

»Etwa eine Woche vor der Premiere des ›Krugs‹. Ich erinnere mich deshalb so genau, weil sie mir an diesem Abend ihre Rolle noch einmal vorgespielt hat.«

»Was hat sie zu ihm über dieses Geld gesagt?«

»Es sei eine Summe, die ihr zustünde.«

Ich wurde nicht schlau aus der Sache. »Wissen Sie eigentlich, daß Beate Elsermann Gründungsmitglied der ›Loge‹ war?«

Er hatte keine Ahnung. Ich legte die Gabel beiseite und mobilisierte meine Gehirnzellen. Die Sache roch nach Erpressung. Nello und Elsermann nicht nur als Liebes- sondern auch als Erpresserpärchen? War der Mord an Nello und Elsermann ein Racheakt? Boris Austerlitz schien eine ähnliche Erkenntnisphase durchzumachen. Er hatte seine Salbeinudeln nur zur Hälfte verdrückt, und ich merkte, wie sein Blick auf mir ruhte. Seine Lebenskräfte schienen wiederzukehren.

»Erpressung?« fragte ich.

»Das ist es! Die vielen Anrufe, die Geheimnistuerei. Doch wer war das Opfer der Erpressung?«

»Jemand, der zahlen kann«, sinnierte ich. »Wie wäre es mit Feudel? Er hat viel Geld und will Generalintendant werden. Da passen dunkle Punkte nicht ins Bild.«

»Aber er hat nicht gezahlt, sondern die Sache mit Mord erledigt!«

Boris Austerlitz' Gesicht hatte eine frische Farbe angenommen. Hastig trank er das Glas Chianti in einem Zug aus.

»Jetzt müssen wir nur noch rauskriegen, was Feudel zu verbergen hat! Und das dürfte, gelinde gesagt, ziemlich schwierig sein«, dämpfte ich seine Freude.

»Wenn jemand erpreßt wird«, sagte Boris mit vollem Mund, »dann liegt oft etwas Schriftliches vor. Irgendwelche Unterlagen. Was könnte er also angestellt haben?«

»Steuerhinterziehung, illegale Geschäfte wie Waffenhandel oder Drogen, sexuelle Straftaten, Fahrerflucht — da ist vieles möglich. Und ich glaube nicht, daß sich Feudel die Finger selbst schmutzig gemacht hat, um Beate und Nello aus dem Weg zu räumen!«

»Genau! Das braucht er doch nicht«, meinte Boris, »er hat doch jemanden für die Drecksarbeit. Seinen Leibwächter.«

»Gleich zwei Morde? Nur um Intendant zu werden?« Ich war skeptisch.

»Sie müssen sich an Feudel heranmachen«, schlug er vor, »und rauskriegen, was er zu verbergen hat. Können Sie nicht so tun, als hätten Sie Unterlagen von Nello bekommen, die ihn belasten?«

»Wie nett! Damit er mich auch noch durch sein wasserstoffblondes Fallbeil meucheln läßt? Nein, danke!« lehnte ich ab.

Die Idee hat aber trotzdem was, dachte ich, der Bluff auf hohem Niveau ist sowieso ein langjähriger, erfolgreicher Bestandteil meines journalistischen Repertoires.

»Die Geschichte von Adam und Eve« als Weltbestseller

Bevor ich bluffen konnte, erhielt ich eine Einladung zu einer Pressekonferenz. Der Verlag Kitschenheuer und Wiep lud ein zu der Vorstellung eines Buches, das versprach, ein Weltbestseller zu werden. Der Autor war der bekannte Bierstädter Schriftsteller Lazarus Beutelmoser. Das Buch hatte den Namen »Die Geschichte von Adam und Eve«.

Ich schaute auf meinen Terminkalender. Noch fünf Tage bis zur Vorstellung. Ich war nach wie vor davon überzeugt, daß es Nellos Werk war, das da vorgestellt werden sollte. Aber wie konnte ich es beweisen?

Ich mußte mit Jansen reden.

Er hörte mir zu und sagte dann: »Wir müssen ein Manuskript auftreiben, das Nello als Autor des Buches ausweist.«

»Wie soll das geschehen? Ich habe nur die Seite 113 als Kopie. Die ist zwar eindeutig auf Nellos Schreibmaschine getippt worden, doch was besagt das schon?«

»Könnte es sein, daß Nello sein Manuskript auch irgendwo zur Veröffentlichung angeboten hat?« fragte Jansen.

Ich wollte schon abwinken, doch dann erinnerte ich mich an etwas. »Peter! Das wäre eine Möglichkeit! In seinem Termin-Buch stand der Name und die Telefonnummer eines Verlages. Ich werde dort sofort anrufen!«

»Na also!« brummte Jansen zufrieden. »Du hast noch fünf Tage Zeit bis zur großen Pressekonferenz. Streng dich an.«

Nachlassende Potenz und apfelförmige Brüste

Der Lektor des Strohwolt Verlages hielt sich bedeckt. Ich mußte meine Deckung verlassen und ihm reinen Wein einschenken. Erst dann holte er das Manuskript hervor, das ihm Nello von Prätorius vor sechs Monaten angeboten hatte.

Der Mann hieß Schöller und entschied darüber, welche Autoren gedruckt wurden und welche nicht. Nellos Buch jedoch wollte er nicht herausbringen.

»Ältere Männer und junge Frauen, der Herbst des Lebens und die nachlassende Potenz — jedes zweite Manuskript handelt davon«, erklärte er mir, »da muß jemand schon ein großer Erzähler sein, um mit diesem Plot auf den Markt zu kommen. Und dieser Autor muß noch viel lernen.«

Ich entgegnete ihm, daß es mit der Weiterbildung wohl nichts werden könne, da der Autor überraschend das Zeitliche gesegnet hätte. Ich quengelte solange, bis er die 300 Seiten aus dem Schrank holte. Nello hatte seinem Werk den Titel »Menschwerdung« gegeben. Die Helden waren Adam und Eve.

»Schauen Sie mal auf Seite 113!« bat ich. Durchs Telefon hörte ich ihn blättern.

»Hier ist sie«, sagte Schöller, »soll ich sie Ihnen vorlesen?«

»Nein, ich lese sie Ihnen vor, und Sie vergleichen.«

Ich las:

Sie wußte nicht, warum sie ihm gehorchte. Es war die Schärfe seiner Stimme, dachte sie dann. Mit einem bestimmten Griff hatte er ihr den Pullover über den Kopf gezogen. Ihr Gesicht zeigte keine Regung, weder Zustimmung noch Abscheu. Dann sagte sie: »Ist es nicht der Geist des nahenden Herbstes, dieses unbestimmte und doch vertraute Gefühl, das Sie zu dieser Handlung treibt?«

Er verharrte und wollte darüber nachdenken. Er hielt ihr den

Pullover hin, unterwürfig, so, als wolle er sie um Verzeihung bitten für seinen unbedachten, todesmutigen Akt. Sie nahm das Kleidungsstück und ließ es achtlos fallen. Ihre apfelförmigen Brüste waren so nah, daß er sie hätte berühren können. Eine klassische Erotikszene, dachte Adam, nur zugreifen müßte ich.

»Eine schreckliche Szene«, stöhnte Schöller, »aber es ist derselbe Text! Die Seite 113 hört auf mit der oft bemühten Metapher vom Ikarus, der sich die Flügel verbrennt, während er die Sonne ansteuert. Dieses Bild kommt in fast jedem dritten Manuskript vor, das mir geschickt wird. Und über die apfelförmigen Brüste irgendwelcher Frauen schreibt jeder Möchtegern-Autor. Manchmal sind sie auch birnenförmig, und die Hinterteile ähneln einem Apfel. Nur über Orangenhaut schreibt keiner.«

»Sie hätten das Buch also nicht genommen?«

»Nein. Ich wollte es ihm in den nächsten Tagen zurückschicken.«

»Haben Sie Kontakt zu Herrn Prätorius gehabt?«

»Er hat mich mal angerufen, doch ich habe ihm gesagt, daß er es woanders versuchen soll.«

»Wie hat er reagiert?«

»Irgendwie beleidigt. Aber so reagieren die meisten. Jeder hält sich für Thomas Mann. Ich habe mich daran gewöhnt.«

»Der Kitschenheuer-und-Wiep-Verlag hat den Text genommen und bringt ihn nächste Woche heraus.«

»Na und? Ich bleibe dabei, daß es sich um den weinerlichen Endzeitgesang eines alternden Möchtegern-Casanovas und seiner Hure handelt. Das haben andere Schriftsteller tausendmal besser und vor allen Dingen erotischer beschrieben.«

»Können Sie mir das Manuskript schicken?«

»Wenn Sie sagen, daß Sie eine Verwandte des verstorbenen Autors sind ...«

»Bin ich. Seelenverwandt.«

»Meinetwegen. Warum sollen wir unseren Kollegen von der Konkurrenz nicht mal kräftig in die Suppe spucken«, meinte Schöller. »Eine Kopie geht noch heute raus! Aber Sie müssen mich auf dem laufenden halten!«

Abschied von Möhrentorte und Kräutertee

Ich mußte dreimal hinschauen, um ihn wiederzuerkennen. War das der kleine Nello-Sprößling, das Mitglied der Gruppe »Autonome Kulturarbeiter«, der Entführer des eigenen Vaters? Er war es. Er wartete vor der Redaktion des »Bierstädter Tageblattes« und saß in einem Sportwagen. Seine Haare waren nach Yuppie-Art geschnitten, die Sonnenbrille kam aus dem Stall eines Automobilherstellers und quer der Brust prangten die Lettern: BOSS.

»Potz Blitz«, entfuhr es mir, »Sie haben sich aber verändert. Was ist passiert?«

»Mein Alter!« grinste er. »Endlich hat er sich mal nicht lumpen lassen. Ich habe geerbt.«

Ich erinnerte mich an die Kontoauszüge, die ich in Nellos Wohnung gefunden hatte, und verstand nicht.

»Steigen Sie ein«, schlug er vor und öffnete die Tür des Cabrios, »wir machen eine kleine Tour. Der Wagen muß mal ausgefahren werden.«

»Das trifft sich gut, ich muß sowieso etwas mit Ihnen bereden. Ich nehme an, Sie wollen noch immer wissen, wer Ihren Vater umgebracht hat?«

Er nickte. Ich setzte mich auf den Beifahrersitz und fiel in weiche Autopolster, die meinen Körper umklammerten.

»Wo fahren wir hin?« wollte ich wissen.

»Wir wär's mit ein paar Kilometerchen auf der Autobahn Richtung Sauerland?«

»Bloß nicht. Aus dem Alter bin ich raus. Ich habe keine Lust auf pubertäres Autogeprotze.«

»In der Nähe ist ein Pub!« sagte er. Ich nickte, und er startete seine Kiste mit viel Gas und Geheul.

»Nicht mehr ins Café ›Samowar‹ mit Möhrenkuchen und Kräutertee?« fragte ich spöttisch. Er fühlte sich nicht angesprochen.

Der »Pub« war ein neureicher Tropenholz- und Messingschuppen im Stil eines englischen Segelschiffes.

Aristide bestellte ein Bitterbier, ich orderte ein Mineralwasser und ein Kännchen Kaffee.

»Wie geht es Ihrer Mutter?« wollte ich wissen.

»Sie lebt auf! Keine Sorgen mehr um das tägliche Brot, kein Ärger mehr mit Vater. Ja, es geht ihr so gut wie in den letzten zwanzig Jahren nicht mehr.«

»Das freut mich. Hat Nello ihr etwas hinterlassen?«

»Ja, obwohl sie geschieden waren. Sie hat die eine Hälfte seines Vermögens geerbt, ich die andere.«

»Haben Sie damit gerechnet, daß es so viel sein würde?« fragte ich, obwohl ich noch keine Ahnung hatte, wieviel es denn eigentlich nun gewesen war.

»Im Leben nicht! Wir fielen aus allen Wolken!«

»Wieviel war es denn?«

»300 000 Mark! Und er hat um jeden Pfennig, den er Mutter geben mußte, ein Riesentheater gemacht!«

»Das gibt es doch nicht! Woher hatte er das viele Geld?«

»Keine Ahnung! Es lag auf einem Festgeldkonto bei der Sparkasse.«

»Sehr mysteriös!«

In meinem Gehirn tanzte das Wort »Erpressung« Rumba. Aber ich sagte nichts. Erpreßtes Geld muß vielleicht an die ursprünglichen Besitzer zurückgegeben werden.

Zuerst war Beutelmoser dran. Ich erzählte Aristide die Geschichte des Buchmanuskriptes. Dann rückte ich mit meinem Vorschlag heraus. Er hörte aufmerksam zu, stellte ein paar ziemlich intelligente Fragen und sagte dann »ja«.

»Werden Sie das alles auch durchhalten?« vergewisserte ich mich.

»Aber natürlich!« meinte er entrüstet. »Ich habe schließlich jahrelang an der Universität in der Theatergruppe mitgespielt. Diese Rolle ist ein Klacks für mich!«

Feudel hat Interesse und ich einen flauen Magen

»Sie wissen doch, daß Nello von Prätorius und ich miteinander befreundet waren. Prätorius hat mir einen Aktenordner vererbt, den er bei seiner Bank deponiert hatte. Darüber würde ich gern einmal mit Ihnen reden, Herr Feudel!«

Gut, daß die Telefonleitung uns trennte, denn dicke Bluffs sieht mir jeder am Gesicht an. Mir war flau im Magen, und kleine Hitzewellen trieben mir Schweißperlen auf die Stirn. Ich hörte Feudel tief durchatmen.

»Ich weiß nicht, was Sie von mir wollen, Frau Grappa! Irgendwie hört sich das, was Sie vorschlagen, wie eine Drohung an. Sie erlauben, daß ich zu meinem eigenen Schutz den Lautsprecher an meiner Telefonanlage einschalte? So können meine Mitarbeiter das Gespräch verfolgen.«

»Meinetwegen. Wenn Sie viel Vertrauen zu Ihren Mitarbeitern und nichts zu verbergen haben!«

Ich mußte vorsichtig formulieren und mich clever verhalten. »Ich schalte mein Diktiergerät ein, Herr Feudel! Aber das Ding nimmt nur das auf, was ich sage, so daß die Vertraulichkeit unseres Gespräches nicht verletzt wird.«

»Nun gut. Was sollen diese angebliche Akten denn enthalten?«

»Beweise. Schriftstücke und Belege.« Ich log wie gedruckt.

»Original?«

Eine gefährliche Frage. Ich entschied mich »nein« zu sagen.

»Kopien also. Die haben keine Beweiskraft!«

»Ach nein? Um Ihren guten Ruf zu ruinieren, reichen Sie allemal!«

»Was wollen Sie?«

»Überhaupt nichts.«

»Wieviel?«

»Herr Feudel, ich muß doch sehr bitten! Sie halten mich ja für eine Erpresserin! Ich wollte Ihnen nur mitteilen, daß ich die Akte habe. Aus reiner Fairneß. Wenn ich sie studiert habe, bekommen Sie die Unterlagen zurück oder ich übergebe die Schriftstücke der Polizei.«

»Können wir uns treffen und in aller Ruhe darüber reden?«

Er wirkte plötzlich nicht mehr so selbstbewußt. Ein Treffen wäre unklug gewesen. Immerhin hatte ich die Gewißheit, daß Feudel, der große Bierstädter Kulturmäzen, eine Leiche im Keller abgelegt hatte. Aber zuerst war Beutelmoser dran. B kam im Alphabet noch immer vor F.

Beutelmosers unheimlich leiser Abgang

Das neue Bierstädter Rathaus, als letzte kommunale Kraftanstrengung vor vier Jahren für 65 Millionen errichtet, lag in der Mittagssonne. Der rote Granit zeigte dem nicht farbenblinden Besucher, wer die Politik in dieser Stadt bestimmte.

Hier hatte Gregor Gottwald sein Büro. Sein Zimmer ahmte nicht die postmoderne Sachlichkeit aus Einrichtungskatalogen für Manager nach. Auf dem Boden lag ein orientalischer Teppich in kräftigen Farben und mit floralen Motiven, an den Wänden hingen zahlreiche fröhliche Aquarelle, die Landschaften unter südlicher Sonne zeigten.

Im Erdgeschoß des Rathauses gab es ein kleines Restaurant, dessen Speisenkarte sich in den letzten Jahren nur im Preis nach oben entwickelt hatte. Das Pächterehepaar hatte vermutlich einen Vertrag auf Lebenszeit ergattert und war nicht mehr loszuwerden.

Der Verlag Kitschenheuer und Wiep hatte einen Raum des Etablissements gemietet, um »Die Geschichte von Adam und Eve« der Öffentlichkeit vorzustellen.

Schon vorab hatte der Verlag die Werbetrommel kräftig

gerührt, und alle hatten mitgemacht. Auch das »Bierstädter Tageblatt«, denn niemand wollte ein Werk verpassen, das demnächst auf die höchsten Sprossen der Bestseller-Skala klettern sollte. Es passierte nicht oft, daß sich bei uns in Bierstadt ein internationales Kulturereignis präsentierte.

Im Café saß der Repräsentant des Verlages, flankiert von einem aufgedrehten Lazarus Beutelmoser, dessen Miene vereiste, als er mich sah.

Heiter und gut gelaunt mischte ich mich unter die Kollegen meiner Zunft, die plaudernd um die Tische herumstanden.

Ich brannte darauf, einen Blick auf die Neuerscheinung zu werfen. Der Strohwolt-Lektor hatte mir das Manuskript geschickt, das ihm Nello kurz vor seinem Tod angeboten hatte.

Die Lektüre hatte außergewöhnliche Herausforderungen an mein Durchhaltevermögen gestellt. Wer immer das Buch verfaßt hatte, Nello oder Beutelmoser, ich hielt es für eine geschwätzig-weinerliche und vor allem ausufernd breite Klage über einen Naturprozeß, der in der Biologie schlicht »Altern« genannt wird.

Irgendwann in der vergangenen Nacht hatte ich mich durch die 354 Seiten gekämpft, war erschöpft ins Bett gefallen und hatte geschlafen wie eine Tote.

Den Ringen unter den Augen war ich am Morgen mit viel Make-up zu Leibe gerückt, Augentropfen brachten meine geröteten Augäpfel wieder in den Normalzustand. Nach drei Tassen Kaffee fühlte ich mich so wie immer.

Hoffentlich war die Quälerei nicht vergebens, dachte ich. Wenn Beutelmosers Roman nicht mit Nellos Manuskript übereinstimmt, dann gebe ich meinen Beruf auf, schwor ich mir.

Der Verlag hatte viele Journalisten mobilisieren können. Etwa fünfzehn Vertreter von Kulturseiten oder Literaturzeitschriften waren gekommen. Sie trugen einen speziellen Gesichtsausdruck zur Schau, als versuchten sie, das mangelnde Interesse für ihre Artikel in der Leserschaft durch besonders forsche Arroganz und Verwendung von komplizierten Fremdwörtern zu kompensieren.

Ich hatte sowas bislang nur bei den Kollegen der Blut-und-Sperma-Presse bemerkt. Die spielen immer die ganz Coolen und Hartgesottenen und kotzen genauso wie ich, wenn sie Leichenteile sehen.

Endlich kam er. Ich war beruhigt.

»Ich dachte schon, Sie hätten Angst bekommen«, zischte ich ihn an, »ohne Sie läuft die Sache nicht!«

»Keine Sorge«, murmelte Aristide von Prätorius in mein Ohr. »Ich habe keinen Parkplatz gefunden.«

Das war eine Entschuldigung, für die ich immer Verständnis habe. Der Verlagsmann eröffnete die Pressekonferenz. Zunächst lobte er Beutelmosers Werk und erwähnte seinen letzten Gedichtband mit Lyrik für »Junge und Junggebliebenen« mit dem Titel »Pflanzen hören dir zu«. Auch das gesellschaftspolitische Engagement des Literaten sei beispielhaft in seiner allumfassenden Präsenz und erstaunlichen Allgemeingültigkeit.

Die Kulturjournalisten schwankten zwischen Langeweile und Amusement. Einer gähnte dezent, ein anderer widmete dem Strohblumenstrauß auf dem Tisch ungewöhnliches Interesse.

Beutelmoser war für sie ein Niemand, und das sollte vermutlich auch so bleiben. Journalisten können grausam sein! Er tat mir fast leid, der alte Dichter.

Dann wurden die ersten Exemplare der »Geschichte von Adam und Eve« verteilt. Die Journalisten griffen das Werk mit spitzen Fingern und legten es vor sich hin. Dann studierten sie die Speisenkarte und warfen einen flüchtigen Blick auf den Waschzettel.

Meine Finger klappten den Schmöker auf. Die erste Seite ließ mein Herz vor Freude hüpfen! Diesen Anfang hatte ich doch schon mal gelesen. Es handelte sich um genau dieselbe langatmige Beschreibung einer Schiffsfahrt zu der Insel, die Adam und Eve erst zur Zuflucht und dann zum Verhängnis wird.

Ich blätterte zum Ende des ersten Kapitels und wußte,

wie es enden würde: Der Protagonist, von Seekrankheit und Angst gepeinigt, ruft das Universum an:

Er flüsterte erst, dann schrie und tobte er: »Das Universum dehnt sich aus. Weiter und weiter. Es flieht und bricht in unzählbar viele Stücke. Oh, Eve!«

Die dichterische Feinheit dieser Szene hatte sich mir auch nach mehrmaligem Lesen und dem Genuß von einigen Gläsern Chablis Grand Cru classé nicht erschlossen. Dafür besaß ich die Beweise für Beutelmosers geistigen Diebstahl. Aristide hatte ebenfalls in dem Buch geblättert, er sah mich an, nickte, und seine Augen glänzten.

»Wir warten noch etwas«, flüsterte ich ihm zu, »ich will sehen, wie das hier weitergeht.«

Er griff in die Aktentasche, nahm das Manuskript seines Vaters heraus und legte es vor sich hin. Niemand nahm Notiz von uns. Inzwischen kreisten die Speisenkarten.

Dann erst erhob der Meister seine Stimme. Er schilderte die Entstehungsgeschichte seines neuen Romans in blumigen Worten. Wie er von einer immer stärkeren inneren Macht dazu getrieben wurde, die letzte Liebesgeschichte seines Lebens mit all ihrer Erfüllung, aber auch ihrer Bitternis schriftlich niederzulegen. Inzwischen sei die »Eve« in dem Buch ja durch Mörderhand dahingerafft worden.

Das Interesse an dem Mann und seinem Werk stieg. Die Fotografen, die sich bis dahin apathisch in den Ecken herumgedrückt hatten, fuchtelten hektisch an ihren Kameras. Blitze erhellten den Raum. Beutelmoser hielt sein Buch in die Kamera. Auf seiner Wange glänzten die Reste von Tränen.

Die Aufregung legte sich. Die Kollegen begannen zu arbeiten, stellten Fragen und kritzelten ihre Blocks voll. Der Reporter des Lokalradios goß seinen Kaffee versehentlich über den Kassetten-Recorder und fluchte laut. Schwaden von Nikotin hatten die Luft in dem kleinen Zimmer völlig verpestet. Ich erhob mich und riß das Fenster auf.

Mein Blick fiel auf die Straße. Vor dem Rathaus-Café

parkte ein Nobelauto. Silbertannengrün-metallic. Am Steuer erkannte ich »Putzi«. Er wandte seinen Kopf und blickte in meine Richtung. Ich verzog mich hinter die Gardine und ging schnell auf meinen Platz zurück. Verfolgte er mich, oder wollte er wissen, was Beutelmoser tat?

Ich dachte nicht weiter über die Antwort nach, denn die Fragestunde hatte begonnen. Da wollte ich mitmischen.

»Herr Beutelmoser«, begann ich, »wie kommt es, daß Sie jahrelang nur kleinere Texte verfaßt haben und nun dieses stattliche epische Werk vorlegen? Es paßt im Stil gar nicht zu Ihnen, ist völlig anders im Denken und Empfinden. So — als habe es ein anderer verfaßt!«

Er blickte mich an, als sei ich eine lästige Fliege, die nur eins verdiente: Mit der Klatsche gemeuchelt zu werden. Doch er beherrschte sich, denn auf Pressekonferenzen waren im Prinzip alle Fragen erlaubt.

»Man kann den Musenkuß nicht immer erzwingen«, tönte er. »Jeder Schriftsteller hat auch Schaffenskrisen, an denen er wachsen kann. Bei anderen Menschen führen sie zur Depression, mich haben zahlreiche Schicksalsschläge inspiriert, die Geschichte einer ungewöhnlichen Liebe aufzuschreiben. Vielleicht ist es das letzte große Werk in meinem Leben!«

»Hier sitzt der Sohn Ihres Freundes Nello von Prätorius«, sagte ich und deutete mit der Hand auf meinen Nachbarn, »Aristide von Prätorius. Er ist der Sohn des ermordeten Kulturjournalisten. Herr von Prätorius junior hat Ihnen etwas Interessantes mitzuteilen.«

Seine Stimme war jung, klar und sehr bestimmt, als er sagte: »Das Buch, das heute hier vorgestellt wird, hat Herr Beutelmoser meinem Vater gestohlen. Nicht Herr Beutelmoser, sondern mein Vater ist der Autor dieses Werkes!«

Pause. Der Verleger schaute amüsiert auf den schmalen Jungen. Irgendetwas Kraftvolles ging von dem jungen Prätorius aus. Ich merkte instinktiv, daß er den richtigen Ton getroffen hatte und daß man ihm glaubte.

»Können Sie das beweisen?« fragte der Literaturkritiker einer konservativen Tageszeitung, der bisher noch kein Wort verloren hatte.

»Aber natürlich! Ich habe das Manuskript, das mir mein Vater vor seinem Tod überlassen hat, mitgebracht. Hier ist es!«

Die flache Hand klatschte auf den Papierhaufen. Alle blickten gebannt auf die losen Blätter.

Beutelmoser war blaß geworden. »Eine ungeheuerliche Beschuldigung!« schrie er. »Ich werde Sie wegen Rufmordes verklagen!«

Ich wandte mich an den Verleger. »Wann hat Ihnen Herr Beutelmoser das Manuskript angeboten?«

Er überlegte und sagte dann etwas von »vor einigen Wochen«.

»Ich habe hier eine schriftliche Aussage des Lektors des Strohwolt-Verlages«, fuhr ich fort, »Nello von Prätorius hat ihm sein Manuskript vor sechs Monaten zugeschickt. Schauen Sie sich die Übereinstimmungen im Text an!«

Ich verteilte Kopien mit Textauszügen, die ich mitgebracht hatte. Ein Rascheln und Raunen ging durch den Raum. Jetzt war Aristide wieder an der Reihe: »Ich verbürge mich dafür, daß mir mein Vater über sein Projekt erzählt hat. Das ist länger als sechs Monate her. Er gab Herrn Beutelmoser, den er für seinen Freund hielt, das Manuskript zum Lesen und zur Beurteilung. Herr Beutelmoser hat den Tod meines Vaters ausgenutzt und das Manuskript als sein eigenes präsentiert!«

Die Tür ging auf. Die Kellnerin betrat den Raum und fragte: »Haben die Herrschaften schon Ihr Essen gewählt?«

Als ihr niemand antwortete, verließ sie den Raum wieder, sichtlich verstört.

»Herr Beutelmoser, nun sagen Sie doch etwas!« flehte der Verleger. Die Aussicht, 20 000 Bücher einstampfen zu müssen, stürzte ihn in Existenzängste.

Beutelmoser erhob sich schwerfällig aus dem Stuhl. Er taumelte. Seine Hände stützten sich auf den Tisch und hielten sich fest. Er blieb eine Weile stehen, um Sicherheit zu bekommen. Dann drehte er sich um und verließ wortlos den Raum. Niemand folgte ihm.

»Putzi« mischt noch einmal mit

Ich hatte meine Geschichte geschrieben und war auf dem Weg nach Hause. Ein Triumphgefühl verspürte ich nicht, ganz im Gegenteil. Beutelmosers Ruf war ruiniert. Wenn er Pech hatte, dann hing ihm die Polizei auch noch den Mord an Nello an. Es paßte alles so gut zusammen. Mord aus Ehrgeiz und Geltungssucht.

Auch ich hatte Beutelmoser für Nellos Mörder gehalten, doch ich war unsicher geworden. Er war zu weich, er konnte eine solche Sache nicht durchziehen.

Während ich meinen Artikel schrieb, kam die Nachricht, daß Beutelmoser völlig verwirrt von der Polizei aufgegriffen worden war. Zuvor hatte er sich einen Cowboy-Hut gekauft. Als er wenig später ein Waffengeschäft betrat, um einen Colt zu erstehen, rief der Besitzer die Polizei, weil sich sein Kunde so merkwürdig benommen hatte.

Ich erreichte den Parkplatz vor meinem Haus. Allein in meiner Wohnung zu sein, war keine schöne Vorstellung. Wenigstens die Katzen würden mich begrüßen und nach einer Dose Futter verlangen. Müde stieg ich aus und schlenderte in Richtung Haustür.

Plötzlich stand »Putzi« vor mir. Er machte nicht den Eindruck, als wolle er mit mir einen Zug durch die Gemeinde machen.

»Hallo, Putzi!« krächzte ich. »Kann ich was für Sie tun?«

Er antwortete nicht, sondern streckte den Arm aus und packte mich am Revers meiner Leinenjacke. Dann zog er mich langsam an sich heran.

Ich trat ihn mit den Spitzen meiner Pumps vors Schienbein. Das tat weh, und er lockerte den Griff. Ich riß mich los und spurtete in Richtung Haustür.

Wie oft hatte ich geflucht, daß die Kinder im Haus einen Keil zwischen Tür und Rahmen legten, doch jetzt hätte ich die Kleinen küssen können! Ich drückte auf, da waren seine Schritte schon hinter mir.

Mit dem Absatz fegte ich den Keil weg, doch die Tür hatte Zeit. Gemächlich wie immer fiel sie langsam zu.

Der Aufzug war da. Gleichzeitig mit »Putzi«. Er schlug mich mit der flachen Hand ins Gesicht. Ich schrie los.

Ich sah noch, wie die Haustür aufgeschlossen wurde. »Putzi« wurde für einen Augenblick abgelenkt.

Die Fahrstuhltür war aus Stahl. Ich riß sie auf, schlüpfte rein und hielt sie von innen zu. In dem schmalen Fenster der Fahrstuhltür sah ich das verzerrte Gesicht des Leibwächters. Ich drückte auf fünf.

Endlich! Die Innentür schloß sich. Wenn »Putzi« mich kriegen wollte, mußte er über die Treppe spurten.

In der fünften Etage wohnte ich allein. Lust auf eine weitere Begegnung mit dem Kerl hatte ich nicht. Der rote Schalter der Notbremse war flugs heruntergedrückt. Der Fahrstuhlkorb blieb zwischen den Etagen hängen.

Ich atmete durch. Ich hing zwar im Schacht, aber niemand kam an mich dran. Mit der Faust schlug ich auf den Alarmknopf.

Das Schellen war Musik in meinen Ohren. Erst jetzt kam die Angst. Meine Knie versagten, und ich rutschte die Fahrstuhlwand herunter und blieb auf dem Boden sitzen.

Nach der Angst kam die Wut. Und dann kam der Hausmeister und wollte den Befreiungsschlag starten.

»Sie müssen ganz flach atmen«, brüllte er von oben in die Kabine, »um Sauerstoff zu sparen. Ich werde Sie sofort mit dem Handseil hochziehen!«

»Nicht nötig!« schrie ich mit trockenem Hals. »Ich komme selber hier raus!«

Ich drückte die Notbremse nach oben, und der Lift bewegte sich. Mehrere Hände machten die Tür auf. Erleichtert trat ich hinaus.

»Sie haben die Notbremse selbst betätigt, Frau Grappa?« fragte der Hausmeister. Ich nickte nur und wollte die Treppe hinaufsteigen.

»Moment!« sagte er. »So einfach geht das nicht. Ich muß ein Protokoll über die Störung aufsetzen!«

»Es war keine Störung. Ich habe den Schalter nach unten geklappt und den Alarmknopf gedrückt.«

»Warum?« Er konnte es nicht fassen.

»Ein Test!« gab ich zurück. Ich war fertig und wollte nur noch in meine Wohnung. Essen, baden, fernsehen oder lesen. Doch der Hauswart ließ nicht locker.

»Und wer war der Mann, der aus dem Haus rannte?«

Mir fiel keine witzige Antwort ein, also schwieg ich und ging nach oben in mein gemütliches Heim.

Meine rechte Gesichtshälfte war geschwollen und taub. Zum Glück hatte ich immer Eiswürfel im Kühlschrank.

Ich schloß mich ein und setzte mich vor das Telefon. Meine Katzen kamen langsam unter dem Bett hervor und strichen um meine Beine. Ich griff zum großen Gelben und hatte die Nummer schnell gefunden. Er war zu Hause und meldete sich.

»Hören Sie gut zu, Feudel!« zischte ich und spie ihm meine ganze verdammte Wut in sein Teiggesicht, das ich lebhaft vor mir sah. »Daß Sie mir Ihren Gorilla auf den Hals gehetzt haben, war ein großer Fehler! Jetzt kauf ich Sie mir!«

Seine Antwort konnte mir gestohlen bleiben, ich knallte den Hörer auf die Gabel und fühlte mich sofort wohler.

Meine Weinflaschen lagen leider alle im Keller, doch noch einmal runtergehen? Nein, danke! Wer weiß, wer da unten auf mich warten würde.

Tomatensaft mit Tabasco-Soße und Zitronensaft war kein schlechter Ersatz. Ich warf vier Eiswürfel in den Drink und acht in eine Plastiktüte, die ich an meine Wange hielt. Das Eis hatte im Handumdrehen den Siedepunkt erreicht.

Viel Weichspüler für mein Gewissen

Beutelmoser hatte ein Zimmer in der geschlossenen Abteilung des Landeskrankenhauses bezogen. Meine Gewissensbisse bekämpfte ich mit der Lektüre eines christlich angehauchten Philosophen, der in den Geisteskranken von heute die Mystiker des Mittelalters wiedererkennt.

Das Krankenhaus hat außerdem einen sehr guten Ruf, manche Patienten wollen gar nicht mehr weg, erzählte ich mir. Wenn Beutelmoser Nellos Mörder war, konnte ihm der Aufenthalt in einer Psychiatrischen Klinik im späteren Prozeß vielleicht das Gefängnis ersparen. Also hatte er keinen Grund, böse auf mich zu sein.

Die Beschwichtigungsversuche für meine Seele waren erfolgreich. Nach einigen Minuten Gehirneigenwäsche konnte ich wieder frei durchatmen.

In der Redaktion ließ ich mich ausgiebig von den Kollegen bedauern. Von »Putzis« Schlag war zwar nicht mehr viel zu sehen, doch seine Pranke hatte meine Zähne getroffen, von denen einige ein bißchen wackelten. Mein Zahnarzt beruhigte mich und erklärte mir für alle Fälle die Zuzahlungsrichtlinien für dritte Zähne nach dem neuen Kostendämpfungsgesetz im Gesundheitswesen.

»Was passiert als nächstes?« fragte Jansen nach der Redaktionskonferenz. »Kaufst du dir eine Knarre und gehst auf Feudel los?«

»Sprich mich nicht an!« knurrte ich. »Du störst eine wunderschöne Depression!«

»Stell dich nicht so an, Grappa-Mäuschen! Eine kleine körperliche Attacke wird dich doch nicht umhauen. Frauen sind doch härter im Nehmen als wir Männer. Also sag! Wie fürchterlich wird deine Rache sein?«

Irgendwie fand er das alles lustig.

»Du hältst mich ja für ein Monster! Dabei lehne ich brutale Gewalt aus prinzipiellen Gründen ab. Man muß die Leute da treffen, wo es ihnen psychisch besonders weh tut.

Feudel ist über seine Eitelkeit zu packen. Wie die meisten Männer!«

»Nur die Männer?« Jansen grinste. »Ich möchte dich mal sehen, wenn keine Zeitung deine Stories mehr haben will und niemand in Bierstadt deinen Namen kennt. Na, wie gefällt dir diese Vorstellung?«

Ich blieb cool. »Bestens. Dann hätte ich eine Menge Ärger weniger. Doch leider muß ich weitermachen wie bisher. Zum Heiraten ist es zu spät, zum Kinderkriegen auch. Die zehn Heiratsanträge von attraktiven Millionären habe ich letzte Woche endgültig abschlägig beschieden. Also bleibe ich dir erhalten. Nicht aus Eitelkeit, sondern weil ich mein täglich Brot verdienen muß bis an mein Lebensende!«

»Arme, alte Grappa!« Es klang so gelogen, wie es war. »Bevor wir dich im Altenheim anmelden ... sag mir lieber, wie es mit der Recherche weitergeht? In der nächsten Woche will der Rat der Stadt über die Besetzung des Intendanten-Postens entscheiden. Und unser Feudel ist der Kandidat der Mehrheitsfraktion! Seine Wahl ist damit gesichert!«

»Dann muß ich mich sputen. Ich weiß, wo ich weitermachen muß. Nello und Beate Elsermann haben irgendetwas gegen Feudel in der Hand gehabt. Die Frage ist nur, was das war.«

»Sehr intelligent! Nur sind die beiden, von denen du sprichst, ziemlich tot.«

»Richtig! Aber beide haben Menschen gekannt, mit denen sie täglich umgegangen sind. Austerlitz zum Beispiel. Der Junge hat bestätigt, daß es um Geldsummen ging. Und wer aus dem Kreis der ›Loge‹ hat Geld? Feudel natürlich. Als Objekt für Erpressung eignen sich reiche Leute besser als arme Schlucker. Ich muß noch mal dringend mit Austerlitz sprechen. Da muß es noch mehr geben, er hat bestimmt nicht alles gesagt.«

»Und rede auch mit Pistor!« sagte Jansen. »Ich habe ganz vergessen, daß er angerufen hat und dich sprechen wollte.«

»Wann war das?«

»Gestern abend. Du warst gerade weg.«

»Das war zu der Zeit, als ich mit ›Putzi‹ Fangen gespielt habe. Ich werde mich sofort darum kümmern.«

Eine Mappe mit schwarzen und roten Zahlen

Paul Pistor lieferte mir kurze Zeit später die Munition zum Abschuß von Ralf-Maria Feudel. Der dicke, gemütliche Kammerschauspieler der Städtischen Bühnen konnte sich einen Intendanten namens Feudel nicht vorstellen und wollte ihn verhindern — so teilte er mir mit.

Er hatte sich an den einzigen Menschen gewandt, der ihm helfen würde: An Maria Grappa, die berühmte Polizeireporterin, deren Artikel er seit Jahren schätzte.

Er trug einfach zu dick auf. Seine Schmeicheleien verletzten mein Schamgefühl und machten mich vorsichtig. Immerhin war er mit Feudel seit Jahren befreundet. Aber das bedeutete in diesen Kreisen nach meinen bisherigen Erfahrungen nicht besonders viel.

»Lassen wir den gemütlichen Teil, und kommen wir zur Sache!« meinte ich frostig, nachdem er die Elogen hinter sich hatte.

Pistor saß mir gegenüber und streckte mir seinen Kugelbauch entgegen. Die roten Hosenträger mit den eingestickten Edelweiß-Blumen waren eine Lachnummer.

Das Treffen fand in der Redaktion des »Bierstädter Tageblattes« statt. Ich hatte Kaffee gekocht und ein paar Brötchen besorgt; süße Limonade und Sülze wären angebrachter gewesen.

Doch dann kam er tatsächlich zum Wesentlichen. Pistor griff in eine Plastiktüte und legte eine Mappe auf den Tisch. Sein jovialer Ton wurde durch eine rein geschäftliche Miene ersetzt.

Ich klappte die Mappe auf. Sie enthielt Kopien von Buchhaltungsauszügen, Bankbelegen und Steuerbescheide. Alles stammte aus dem Unternehmen »Fidelio«.

»Ja und?« fragte ich. Zahlen waren noch nie mein Hobby.

»Lassen Sie die Papiere von einem Fachmann prüfen«, lächelte Pistor, »der wird schnell feststellen, daß der honorige Bierstädter Unternehmer Feudel, der große Kultursponsor und das Lieblingskind der regierenden Politiker, seit Jahren kräftig Steuern hinterzogen hat.«

»Ach ja? Machen wir das nicht alle mal?« Ich war enttäuscht. Nur Steuerhinterziehung? Keine Waffengeschäfte mit den Arabern, kein Vertrieb von Sado-Maso-Pornos, noch nicht mal Kokain-Deals. Feudels Vergehen waren genauso farblos wie er selbst.

Pistor schob sich schmatzend das dritte Brötchen rein. Die Hosenträger ächzten.

»Freut mich, daß es Ihnen schmeckt!« sagte ich spöttisch. »Was soll ich mit den Unterlagen?«

»Welche Chancen hat ein Mann auf einen öffentlichen Posten«, fragte Pistor, »der bei der Steuer mit roten Zahlen arbeitet und bei den Banken mit schwarzen? Der den Staat bescheißt, Leute ohne Steuerkarte arbeiten läßt, der Asylbewerber und Flüchtlinge für fünf Mark Stundenlohn beschäftigt. Feudel zahlt kaum Steuern, kriegt aber jeden Kredit, den er will. Alle vertrauen ihm blind.«

»Und? Wo ist die Pointe?«

»Doppelte Buchführung.«

»Und warum macht er das?«

»Feudel hat es innerhalb weniger Jahre zum Millionär gebracht.«

»Das weiß Bierstadt. Also warum?«

»Geldgier. Teure Hobbies. Schulden. Er hat auf einer Insel in der Karibik eine Ferienanlage mit 1000 Betten gebaut, die pleite gegangen ist. Hat sich einen eigenen Fernsehsender in Amerika zugelegt, der ihm jedes Jahr Millionen aus der Tasche zieht. Und er sammelt alte Autos, von denen das Stück 200 000 Mark kostet.«

»Steuerhinterziehung also. Und das hier sind die Beweise? Schön. Ich lasse das prüfen. Wenn die Steuerhinterziehung erwiesen ist, reicht es, um ihn zu Fall zu bringen.«

Es klang freudlos, was ich sagte. So hatte ich mir die Entlarvung Feudels nicht vorgestellt. Wenn er ein Steuertrickser war, dann setzte er »Putzi« bestimmt als »außergewöhnliche Belastung« oder als »Werbungskosten« ab.

»Woher haben Sie die Unterlagen?« wollte ich wissen.

»Von Nello von Prätorius. Er hat sie mir anvertraut, weil er Angst hatte, daß Feudel seinen Wachhund vorbeischickt, um die Sachen aus ihm rauszuprügeln.«

»Und woher hatte Nello sie?«

Pistor lächelte. »Von Beate Elsermann natürlich. Sie hatte mal eine Affäre mit Feudels Buchhalter.«

»Mit dem auch? Heißt der vielleicht Lotterbeck?«

»Nein. Wieso? Wer soll das sein?«

»Der Name steht als Gründungsmitglied der ›Loge‹ im Vereinsregister. Doch der Kerl ist mir noch nicht über den Weg gelaufen. Vergessen Sie's! Erzählen Sie weiter!«

»Nello und Beate haben Feudel zwei oder drei Jahre erpreßt. So hat sie auch das Engagement bei den Bühnen bekommen. Schauspielerin ist sie nie gewesen, Feudel hat Privatstunden für sie bezahlen müssen, damit die Dame wenigstens ein bißchen sprechen lernt.«

»Und warum tun Sie das alles, Herr Pistor? Was haben Sie davon, wenn Feudel fällt?«

Der Kammerschauspieler rückte seinen Bauch zurecht, faßte mit den Händen die Hosenträger und ließ sie schnakken. Dann sagte er heiter: »Ganz einfach. Weil *ich* Generalintendant werden will!«

Wer zündet die Lunte an?

Jansen übergab das Material an einen Steuerberater zwecks Überprüfung.

»Wann wollen wir die Bombe platzen lassen?« fragte ich.

»Am Tag nach der Ratssitzung.«

»Das geht nicht. Dann ist Feudel für sechs Jahre gewählt!«

»Da hast du recht. Das wollen wir Bierstadt doch nicht antun!«

»Ich habe eine Idee. Aber dazu brauche ich Höfnagel.«

Er verzog das Gesicht, denn er mochte den Kulturdezernenten nicht. »Dann müßtest du ihn ja einweihen! Bist du sicher, daß er nicht sofort zur Mehrheitsfraktion rennt und plaudert?«

»Kann ich mir nicht denken.«

»Maria! Du bist zu vertrauensselig! Wenn dein neuer Duz-Freund quatscht und die Fraktion Feudel vor der Sitzung fallen läßt, bringst du dich selbst um eine tolle Story! Aber das Risiko mußt du abwägen! Was also schlägst du vor?«

»Wir müssen die Geschichte direkt in der Ratssitzung bekanntmachen! Nur dann ist der Überraschungseffekt gegeben. Höfnagel ist gegen Feudel. Bei der Personaldebatte wirft Höfnagel unser Material in die Arena. Dann kriegen's alle mit und müssen sofort reagieren.«

»So könnte es klappen«, stimmte Jansen zu, »doch wenn vorher etwas durchsickert, ist die Story im Eimer!«

Was wären wir ohne unsere Depressionen?

»Warum hast du als Kulturdezernent eigentlich so wenig Einfluß auf Personalentscheidungen in Bierstadt?«

»Die Fraktion bestimmt die Besetzung wichtiger Posten«, erklärte er, »das mußte ich auch erst lernen. Deshalb ist unser Personal im Kulturbereich ja so überdurchschnittlich qualifiziert.«

Höfnagel hatte seine Leidensmiene aufgesetzt und spielte den unverstandenen Schöngeist. Da hatte er viel mit dem toten Nello gemeinsam. Er litt darunter, daß er eine Kultur verwalten mußte, die sich eng an den Richtlinien des Machbaren orientieren mußte. Da war kein Platz mehr für Experimente. Die Zahl der Kulturnutzer bestimmte den Erfolg und nicht das dargebotene künstlerische Niveau.

»Mach dir nichts draus. Ich habe auch Depressionen, wenn ich über den Journalismus von heute nachdenke!« tröstete ich ihn. »Aber das geht vorbei. Und jetzt erzähle ich dir, wie du am nächsten Donnerstag im Rat den Feudel schlachten kannst. Was sagst du zu meinem Angebot?«

Seine Augen blitzten hinter den Glasbausteinen seiner Brille auf. Seine depressive Phase löste sich in Wohlgefallen auf. Es war, als hätte ich einer verdurstenden Zimmerpflanze einen rettenden Eimer Wasser übergekippt. Ich erklärte ihm die Sache, er war ganz Ohr und versprach zu schweigen.

Noch am selben Tag erklärte der Steuerberater die Papiere zu einem mittleren Wirbelsturm.

»Putzi« nimmt die Sache in die Hand

Das Licht eines letzten sonnigen Herbsttages fiel durch das Glasdach des Bierstädter Rathauses und spiegelte sich im reinen Weiß des italienischen Carrara-Marmors. Langsam betraten die gewählten Kommunalparlamentarier das Gebäude und stiegen die Freitreppe zum Ratssaal hinauf.

Emsige Verwaltungskräfte schoben Erfrischungswagen mit Kaffee und kühlen Getränken in den Nebenraum, in der Küche neben der Cafeteria wurden Kuchenberge malerisch auf runde Tabletts plaziert.

Ich stand am oberen Ende der Treppe und wartete. Eigentlich dürfte nichts schief gehen, der Tag war generalstabsmäßig vorbereitet worden.

Da kam unser kleiner Fotograf. Seine Laune war nicht die beste, denn er war nicht eingeweiht. Jansen hatte ihn mitten aus einer wichtigen Arbeit gerissen: Er war gerade einer 20jährigen beim Einstieg in die internationale Modebranche behilflich.

»War das deine Idee mit den aktuellen Porträts von den Gipsköpfen da drin?« fragte er mich unfreundlich.

»Reg dich ab, Süßer! Halte dich schußbereit, und du wirst es nicht bereuen.«

»Ich bin immer und überall schußbereit!« brüstete er sich und lachte meckernd. Männerwahn!

Da erschien Feudel. Als ich »Putzi« drei Schritte hinter ihm sah, bekam ich einen dicken Hals. Feudel hielt auf der Treppe inne und richtete das Wort an seinen Leibwächter. Der nickte und verzog sich über das Treppenhaus auf die Zuschauertribüne, die über dem Sitzungssaal lag. Feudel stellte sich zu dem Vorsitzenden der Mehrheitsfraktion, der mit einigen Gleichgesinnten neben der Saaltür stand.

Plötzlich stand Höfnagel neben mir. »Alles klar?« fragte ich. Er nickte und ging hinein. Ich folgte, bog nach links zu den Presseplätzen ab.

Oben auf der Empore saß »Putzi« und starrte vor sich hin. In seiner Nähe entdeckte ich Paul Pistor ebenso wie einige Schauspieler und Musiker des Theaters.

Oberbürgermeister Gregor Gottwald eröffnete die Ratssitzung. Nach ein paar Regularien rief er den Tagesordnungspunkt 2.1 auf.

»Wir kommen nun zur Wahl des Generalintendanten der Städtischen Bühnen. Mir liegt ein Vorschlag der SPD-Fraktion vor. Gibt es weitere Vorschläge?«

Er wartete eine Weile, doch nichts rührte sich.

»Die SPD-Fraktion schlägt den Unternehmer Ralf-Maria Feudel vor. Herr Feudel ist der einzige Kandidat. Sollen zu seiner Person Erklärungen abgegeben werden?«

Willy Stalinski, der Chef der Mehrheitsfraktion, schüttelte das Haupt. Gottwald blickte zu den beiden Oppositionsparteien. Erika Wurmdobler-Schillemeit von den Bunten gab etwas Nebensächliches von sich, die Christdemokraten erklärten, die Bewerbung Feudels mitzutragen. Ich sah, wie Feudel, der im rechten Teil des Ratssaales im Hintergrund saß, aufatmete.

Doch dann meldete sich Kulturdezernent Jacques Höfnagel zu Wort. »Der Beigeordnete Höfnagel wünscht eine Erklärung abzugeben.«

Gottwald war ungehalten, und alle merkten es ihm an.

Jacques Höfnagel drückte die Taste seiner Sprechanlage und sagte laut und deutlich: »Herr Feudel ist als Generalintendant der Bierstädter Bühnen nicht geeignet. Ich werde meine Meinung begründen, bitte hören Sie mir gut zu.«

Ein Raunen ging durch den Saal. Es war totenstill. Höfnagel hatte die ungeteilte Aufmerksamkeit aller Anwesenden.

Dann legte er los. Beschuldigte Feudel als notorischen Steuerhinterzieher, als unseriösen Geschäftsmann und Betrüger. Während er sprach, verteilte sein Büroleiter Kopien des belastenden Materials in den Reihen, inklusive des Gutachtens unseres Steuerberaters.

»Überzeugen Sie sich selbst! Ich habe die Staatsanwaltschaft vor drei Stunden eingeschaltet, die Ermittlungen gegen Herrn Feudel laufen bereits. Das Gericht hat einer Hausdurchsuchung in den Geschäftsräumen und in den Privathäusern des Herrn Feudel zugestimmt. Ich danke Ihnen für Ihre Aufmerksamkeit.«

Höfnagel lehnte sich zurück. Da zerfetzte ein Knall die Stille. Der Kulturdezernent sackte in seinem Stuhl zusammen. Schreie von der Zuschauertribüne.

»Ruhe da oben«, brüllte Oberbürgermeister Gregor Gottwald, »oder ich lasse den Saal räumen!«

»Putzi« hatte sich übers Geländer gebeugt, die Waffe in der rechten Hand. Ich gab unserem Fotografen ein Zeichen, doch der hielt bereits drauf. Der Motor der Fotokamera summte.

Ich sprintete zu Höfnagel. Es hatte ihn böse erwischt, aber er atmete noch. Der Schuß hatte ihn in die Schulter getroffen.

»Einen Krankenwagen!« brüllte ich. Irgendjemand schrie, daß der Notarzt bereits unterwegs sei.

Da öffnete Höfnagel die Augen. »Hat doch alles prima geklappt, Grappa, oder?« lächelte er unter Schmerzen.

»Oh, Mann! Darüber kann man nun wirklich geteilter Meinung sein!« gab ich zurück.

Wildwest, Wein und neue Wahrheiten

Oberbürgermeister Gregor Gottwald brach die Ratssitzung ab, die Wahl eines Intendanten für die Bühnen wurde vertagt. Der Skandal brachte Bierstadt in die überregionalen Schlagzeilen — das Presseamt der Stadt hätte sich eigentlich darüber freuen müssen. Doch die Überschrift »Wildwest in Bierstadt — Schußwechsel im Ratssaal« war nicht dazu angetan, das Eigenbild der Stadtwerbung von einer »weltoffenen liebenswerten High-Tech-Metropole« in alle Welt zu transportieren.

»Dieses Ereignis wirft uns um Jahre zurück!« seufzte der Leiter des PR-Amtes in einem Artikel der Konkurrenz-Zeitung. Er kündigte an, mehr Personal fordern zu wollen, um den »Schaden für Bierstadt zu begrenzen«.

Höfnagel war zum Glück nicht lebensgefährlich verletzt. Er war der Held des Tages. Die Schnelligkeit, mit der die High Society von Bierstadt ihr Ex-Mitglied Feudel fallen ließ, war mit bloßem Auge nicht mehr wahrzunehmen. Steuerhinterziehung, na gut. Aber daß sein Leibwächter im ehrwürdigen Ratssaal auf einen Dezernenten ballerte, das war zuviel.

Das »Bierstädter Tageblatt« hatte journalistisch die Nase vorn. Die Fotos waren gelungen. Der blutende Höfnagel und der Attentäter zweispaltig hoch, die entsetzten Ratsmitglieder um Gregor Gottwald dreispaltig und Feudels verwirrtes Teiggesicht einspaltig — dazwischen der ultimative, spannende Tatsachenbericht über eine der denkwürdigsten Ratssitzungen, die es in Bierstadt je gegeben hatte. Die Auflage zog an, der Fotograf verkaufte seine Bilder an alle Welt. Jansen war zufrieden.

Leider standen auf meinem Einkaufszettel noch zwei ungeklärte Morde. Über die sprach niemand mehr, doch mir gingen sie nicht aus dem Kopf.

Ich gönnte mir eine Woche Urlaub, düste mit dem Auto nach Florenz, besuchte die einschlägigen Weingüter in der

Umgebung und kaufte ein. Der Spätherbst in der Toskana war mal wieder ein Erlebnis. In den Uffizien sah ich mir mein Lieblingsbild an, »La Primavera« von Sandro Botticelli, ging ein paarmal fürstlich essen und fuhr zurück. Der Wagen bog sich unter der Last der Weinflaschen. Ich lobte die Einführung des Europäischen Binnenmarktes, als ich an der Grenze durchbrauste, ohne den Zoll zu bemühen.

Bierstadt empfing mich mit Dauerregen, ich fühlte mich sofort zu Hause. Abends rief ich Jansen an.

»Gibt es was Neues?« fragte ich und hoffte insgeheim, daß die Mörder von Nello und Beate Elsermann während meines Kurztrips gefaßt worden wären.

»Schön, daß wir dich wiederhaben. Nein, viel ist nicht passiert. Nur daß die Bullen versuchen, Feudel den Mord an Nello anzuhängen. Die Polizei hat bei der Hausdurchsuchung Feudels Terminkalender gefunden. Am Tag der Entführung war er mit Nello verabredet.«

»Das ist neu! Aber die Studenten waren schneller, sie haben ihn vorher abgefangen! Hat er gesagt, warum er sich mit Nello treffen wollte?«

»Ja. Und jetzt halt dich fest. Nello wollte ihm das Erpressungsmaterial übergeben. Endgültig.«

»Dann wollte er ja mit der Erpressung aufhören! Verstehe ich nicht. Warum?«

»Wer kann das wissen? Der alte Zausel hat ihn jahrelang ausgenommen wie eine Weihnachtsgans. Vielleicht hat er Gewissensbisse gekriegt.«

»Peter! Irgendetwas stimmt hier nicht. Laß mich überlegen! Nello hatte an dem Abend das Erpresser-Dossier bei sich«, wiederholte ich, »fiel dann aber den Studenten in die Hände. Aristide hat mir erzählt, daß sein Vater Papiere bei sich hatte, die später verschwunden sind, denn bei der Leiche waren sie nicht. Genau wie der Spazierstock. Ich dachte immer, Nello habe das Manuskript seines Buches bei sich gehabt, das ihm Beutelmoser geklaut hat. Was aber, wenn er die ›Fidelio‹-Papiere bei sich hatte?«

Jansen pfiff durch die Zähne. »Das ist ein Ding. Und diese Papiere hat plötzlich der dicke Kammerschauspieler! Er gibt sie dir, damit du Feudel absägen kannst.«

»Er behauptet aber, Nello habe sie ihm gegeben. Doch das ist bestimmt gelogen! Andersrum ist die Sache einleuchtender. Peter! Weißt du, was das bedeutet?«

Mir wurde heiß und kalt. Mein Gefühl sagte mir, daß die Spur brandheiß war.

»Das bedeutet, daß Pistor Prätorius auf dem Gewissen hat«, sagte er.

»Genau. Dann paßt die Sache. Nello ist nicht zu Beutelmoser gegangen, um sich auszuheulen, sondern zu Pistor. Und der hat ihn umgebracht. So muß es gewesen sein!«

»Aber warum? Das Motiv fehlt.« Da hatte Jansen recht.

»Das finde ich schon noch.«

Pistor war bislang noch nicht Gegenstand meiner Recherche gewesen. Ich war gespannt, was bei näherem Hinsehen alles zutage treten würde.

»Hat denn Nellos Sohn nicht erzählt, welche Papiere sein Vater dabei hatte? Er und die anderen Kidnapper müssen doch irgendetwas gesehen haben.«

Ich überlegte und erinnerte mich, daß er ganz allgemein von »Papieren« gesprochen hatte. Leider hatte ich damals nicht mehr nachgefragt.

»Ich muß ihn noch einmal fragen!« sagte ich und gähnte. Die 1100 Kilometer der letzten beiden Tage saßen mir in den Knochen.

»Du bist müde. Schlaf dich erst mal aus. Morgen kümmerst du dich wieder um die Sache?«

»Aber claro, Signore! Ich habe viel Geld in der Toskana ausgegeben. Das muß ich jetzt wieder verdienen.«

Trautes Heim mit Schönheitsfehlern

Eigentlich habe ich die Gewohnheit, meine Besuche vorher anzumelden. Bei der Familie Prätorius wollte ich eine Ausnahme machen. Mal schauen, was Mutter und Sohn abends machten, wenn die Sonne über Bierstadt verschwunden war.

Es war kurz nach dem Beginn der »Tagesschau«, als ich

meinen Zeigefinger auf den Klingelknopf legte und drückte. Wenig später steckte Aristide den Kopf aus der Tür.

»Hallo«, sagte ich, »ich muß dringend mit Ihnen sprechen. Kann ich reinkommen?«

Er zögerte und öffnete mir dann stumm die Tür. Als ich ins Eßzimmmer trat, wußte ich warum. Vor mir saß eine perfekte Kleinfamilie am reichlich gedeckten Tisch. Die Rolle des Familienoberhauptes hatte Kammerschauspieler Paul Pistor übernommen, der am Kopf des Tisches thronte. Er schmierte sich gerade ein dickes Stück Leberwurst auf einen verkümmelten Salzkuchen. Daneben schäumte ein großes Pils. Na also, dachte ich, da habe ich sie ja alle zusammen.

»Guten Abend!« sagte ich.

»Frau Grappa! So eine Überraschung!« wunderte sich Anneliese von Prätorius. Sie schien irritiert.

»Herr Pistor«, sprach ich ihn an, »was machen Sie denn hier?«

»Paul Pistor und ich kennen uns seit vielen Jahren«, versuchte sie schnell zu erklären, »jetzt sind wir uns wieder etwas näher gekommen.«

»Das sehe ich! Außerdem weiß ich ja, daß Sie früher miteinander verlobt waren. Bevor Nello auftauchte. Aber ich wollte Sie wirklich nicht beim Essen stören.«

»Essen Sie doch mit uns!« schlug Pistor vor. »Es ist genug da.«

»Vielen Dank für das Angebot. Aber ich hätte gern nur eine Tasse Tee, falls es keine Mühe macht!« entgegnete ich und trat ans Fenster.

Anneliese von Prätorius hetzte in die Küche, ganz die beflissene Hausfrau. Sie kam mit einer Tasse zurück.

Es war bereits dunkel draußen. Wieder ein gestohlener Sommer, dachte ich und schaute auf die Straße.

»Ihre Wohnung hat eine schöne Lage!« lobte ich, nur um etwas zu sagen. »Den Stadtpark sozusagen direkt vor der Tür.«

Ich hatte es kaum ausgesprochen, als es in meinem Gehirn kräftig klickte.

Das war's: Nello wird am Stadtpark freigelassen. Er geht zu seiner Ex-Frau. Trifft Paul Pistor. Es gibt Streit. Pistor bringt ihn um. Nein, dachte ich, das ist zu einfach. Ich stellte den Zähler in meinem Kopf wieder auf null zurück.

»Warum sind Sie hier?« fragte Pistor mit vollem Mund.

»Ich muß mit Aristide reden! Da gibt es noch einige Unklarheiten über die Entführung.« Ich gab meiner Stimme einen unbefangenen Ton, um die Turbulenzen in meinem Kopf in den Griff zu bekommen.

»Dann fragen Sie!« Pistors Stimme klang bestimmt. Hatte er etwas von meinen Gedankengängen gemerkt? Mir wurde plötzlich heiß vor Aufregung. Nur keinen Fehler machen, dachte ich.

»Ich will nur eine Kleinigkeit wissen!« sagte ich an Aristide gewandt. Er hatte mit dem Essen aufgehört und formte aus dem Inneren eines Brötchens kleine Kugeln, von denen er einige bereits fein säuberlich auf dem Teller angerichtet hatte. Eine klassische Verlegenheitsgeste, dachte ich. Ich hätte auch gern etwas zu spielen gehabt.

»Ihr Vater hatte einen Umschlag mit Papieren bei sich, die nie wieder aufgetaucht sind. Können Sie sich erinnern, was das für Schriftstücke waren?«

»Ist das wichtig?« fuhr Paul Pistor dazwischen. Er schob den Teller mit dem angebissenen Salzkuchen von sich weg.

»Es ist sehr wichtig!« Ich legte etwas Schärfe in meine Stimme. Pistor war wachsam, und ich mußte mich beeilen.

»Also, wie sahen die Papiere aus?«

Der Nello-Sohn gab sich Mühe und marterte sein Gehirn. »Ich hab nicht genau hingeguckt«, sagte er dann, »wir hatten damals andere Sorgen!«

»Lassen Sie den Jungen doch in Ruhe!« polterte Pistor.

»Mischen Sie sich nicht ein, Herr Pistor!« herrschte ich ihn an. »Aristide! Irgendetwas müssen Sie doch gesehen haben, Herrgottnochmal! Waren es voll beschriebene Schreibmaschinenseiten wie bei einem Manuskript zum Beispiel, oder waren es Kopien mit Zahlen drauf ... Also, reden Sie schon!«

»Wie führen Sie sich hier auf, Frau Grappa?« brüllte Pistor und kam auf mich zu. Die Situation war bedrohlich.

Anneliese von Prätorius hatte sich in einen Sessel fallen lassen und beobachtete die Szene mit ängstlichen Augen.

Pistor stand vor mir. Er war nicht größer als ich, aber viel kräftiger. Sein Kugelbauch berührte meinen Arm.

»Halten Sie gefälligst etwas Abstand! Ich hasse es, wenn mir Leute wie Sie auf die Pelle rücken!« Jetzt brüllte ich.

Pistor ging einen halben Meter zurück.

»Auf den Seiten standen Zahlen«, rief Aristide dazwischen, um die Situation zu entspannen, »irgendwelche Auszüge aus Feudels Firma!«

»Du dämlicher Bengel!« Pistor stürzte auf Aristide zu und schlug ihn ins Gesicht. Er wehrte sich mit der Gabel, die neben dem Brotteller lag, und wollte Pistor in den Bauch stechen. Doch der war zwar dick, aber auch behende. Er drehte dem Jungen den Arm nach hinten und versetzte ihm mit der freien Hand einen Schlag in die Magengrube. Aristide knickte ein, würgte und ließ das soeben genossene Mahl auf den Teppich fallen. Er röchelte gotteserbärmlich.

»Aufhören!« Eine schrille Stimme ließ die Fensterscheiben der gemütlichen Stube klirren. Anneliese von Prätorius war aufgesprungen. Sie stürzte auf Pistor zu und traktierte ihn mit Fäusten. Tränen liefen über ihr Gesicht.

Verblüfft ließ er Aristide los, wandte sich ihr zu und wollte sie in den Arm nehmen.

»Ist ja gut, Liebes! Beruhige dich! Ganz ruhig!«

Anneliese von Prätorius brach in ein lautes Schluchzen aus und ließ sich zurück in den Sessel führen.

»Sehen Sie, was Sie angerichtet haben!« fauchte mich Pistor an.

»Ich? Halten Sie den Mund! Wer hat denn auf den Jungen eingeprügelt, Sie oder ich?«

»Ich kann nicht mehr! Hört alle auf, um Gottes willen!« schluchzte Nellos Ex-Frau. »Ich halte das nicht mehr durch! Ich werde alles sagen!«

»Anneliese, Liebes! Halt bitte den Mund!«

Doch Pistors Bitte drang nicht mehr zu ihr durch. Er gab es auf und blieb schwer atmend vor ihr stehen.

Anneliese von Prätorius schob ihn von sich weg und verließ den Raum. Pistor, Aristide und ich blieben zurück. Niemand von uns sagte ein Wort. Sie hatte die Hauptrolle, und alles lief ab wie eine brillante Inszenierung.

Wir starrten sie an, als sie wieder im Zimmer stand. Mit der Hand umfaßte sie einen Gegenstand, den ich kannte: Es war Nellos ebenholzfarbener Spazierstock mit dem silbernen Entenkopf, der nach seinem Tod verschwunden war.

Ihr Blick war gebrochen, als sie klar und deutlich sagte: »Mit diesem Stock habe ich Nello erschlagen!«

Die Wahrheit — schmucklos und profan

Einige Minuten später saßen wir alle in trauter Runde zusammen. Ich hörte zu, und die drei erzählten.

»Wir haben ihn also freigelassen«, berichtete Aristide, »und dachten, daß er nach Hause gehen würde. Oder zur Polizei. Doch er klingelte bei Mutter. Er wollte sich frisch machen und ausheulen. Wenig später kam ich nach Hause.«

»Da hat er Sie erkannt?« fragte ich.

»Genau. Durch einen dummen Zufall. Einer meiner Freunde raucht eine ganz besondere Art von Zigarillos. Ich hatte den Geruch in meinen Sachen hängen. Er kam sofort drauf, daß ich einer der Entführer war und rastete aus.«

Da mischte sich seine Mutter ein: »Der Streit war so schlimm. Er schlug Aristide und würgte ihn. Ich hatte Angst, daß er ihn umbringt. Ich griff zu dem Stock und schlug zu. Er fiel um und war tot.«

Ich überlegte, ob sie wohl mit Notwehr davonkäme. Es würde vom Anwalt abhängen und davon, wie glaubhaft sie dem Gericht ihre Story vortragen würde.

»Da lag er also tot in diesem Zimmer hier! Wie haben Sie die Leiche auf die Müllkippe geschafft?«

Jetzt kam Paul Pistors Einsatz: »Anneliese rief mich völlig verzweifelt in der Nacht an und bat mich, sofort zu kommen. Als ich hier war, sah ich die Bescherung. Aristide und ich haben ihn dann ins Auto gepackt und zur Kippe gefahren.«

»Warum haben Sie nicht die Wahrheit gesagt?« wunderte ich mich. »Sie haben doch nur verhindert, daß Nello seinen eigenen Sohn umbringt.«

»Wer hätte mir geglaubt? Sie hätten Aristide für den Mörder gehalten, weil er einer der Entführer war!«

»Vermutlich wäre es so gekommen«, räumte ich ein. »Doch jetzt ist die Situation auch nicht besser für Sie, oder?«

»Nein«, gab sie zu, »ich habe mich wochenlang mit der Wahrheit herumgequält.«

»Wie haben Sie es herausbekommen?« fragte Paul Pistor. Er war wieder ein ausgeglichener jovialer Mann.

»Ich habe nichts gewußt, sondern nur etwas geahnt. Sie selbst, Pistor, haben den größten Fehler gemacht. Sie haben mir die Fidelio-Papiere geliefert, damit Feudel keine Chance auf den Intendantenposten hat. Feudel hat vor der Polizei ausgesagt, daß Nello ihm die Unterlagen am Tag der Entführung geben wollte. Das klang plausibel. Da also die Unterlagen nicht bei Feudel waren und nicht bei der Leiche gefunden wurden, mußte sie der Mörder haben. Warum haben Sie die Papiere nicht verbrannt?«

»Das hatten wir eigentlich so abgesprochen«, bekannte Aristide, »deshalb habe ich eben ja auch zugegeben, daß Nello kein Manuskript, sondern die ›Fidelio‹-Papiere bei sich hatte. Warum hast du sie nicht verbrannt, Pistor?«

Pistor schwieg. Ich übernahm an seiner Stelle die Antwort: »Er wollte seine eigene kleine Intrige spinnen. Pistor ist selbst scharf auf den Intendanten-Posten. Mit meiner Hilfe hat er Feudel aus dem Rennen geschossen. Doch sich gleich mit, denn sein Traum ist jetzt wohl auch passé, oder?«

Er nickte. Schweigen füllte den Raum. Es war alles gesagt. Ich wußte, daß ich jetzt eine letzte Frage beantworten mußte.

»Werden Sie zur Polizei gehen, Frau Grappa?« Ihre Stimme bebte.

»Ich will mich nicht unbedingt in Ihr Leben einmischen. Prüfen Sie, ob Sie glücklich weiterleben können — trotz allem.«

Sie nickte und versuchte ein Lächeln. Ich wußte, daß sie es nicht schaffen würde.

Keine Lust mehr auf Kultur

Auf der Unfallstation der Städtischen Klinik roch es nach verbrannter Mehlschwitze, Desinfektionsmittel und Zigarettenrauch. Gehetzte Häubchenträgerinnen wieselten über die blitzblank gebohnerten Böden, alte Männer in bleichgewaschenen Frottierbademänteln schlurften über den Flur in Richtung Raucherzimmer, ein Frischoperierter wachte auf, sah mich und wurde heftig wimmernd in ein Zimmer gekarrt. Elend pur.

Höfnagel lag zwar auf der Privatstation, doch da sah es auch nicht viel besser aus. Ich riß mich zusammen, übte ein aufmunterndes Lächeln, klopfte und trat ein. In dem Zimmer türmten sich die Blumensträuße, ich konnte nur mit Mühe das Bett finden.

»Hallo, Höfnagel!« sagte ich. »Mehr Grünes hättest du zu deiner Beerdigung auch nicht gekriegt!«

»Das ist das Umwerfende an dir, Grappa«, entgegnete er, »daß du für jeden armen Menschen auf der Welt den richtigen Spruch zur richtigen Zeit auf Lager hast. Danke, daß du mich daran erinnert hast, daß der Schuß nicht tödlich war und wir alle nur Gast auf Gottes Erden sind.«

»Tut mir leid.«

Ich war zerknirscht. Warum nur trampelte ich in sämtliche Fettnäpfchen, die irgendwo in der Gegend herumstanden? Ich mußte dringend darüber nachdenken.

Höfnagel lag auf dem Rücken, seine linke Schulter war verbunden. Die Farbe seines Gesichtes harmonierte Ton in Ton mit der weiß gestrichenen Zimmerwand. Der Blick war nicht so klar wie üblich. Auf dem Nachttisch sah ich ein Schälchen mit vielen bunten Pillen.

»Wie geht es dir denn? Hast du Schmerzen?«

»Nicht, wenn ich meine Tablette nehme. Was gibt es Neues?«

Ich erzählte ihm die wahre und unspektakuläre Geschichte von Nellos Tod.

»Also kein beleidigter Schauspieler, gekränkter Regisseur oder eitler Schriftsteller, sondern eine Familientragödie. Schade für ihn. Ihm hätte ein Mord aus niederen Motiven wie Rache oder Eifersucht sicher besser gefallen. Doch man kann sich sein Schicksal nicht aussuchen! Das siehst du ja an mir!«

»Laß den Kopf nicht hängen. Dein Auftritt im Rat war Klasse! Mit dem Attentat konnte nun wirklich niemand rechnen.«

Er versuchte seinen Kopf zu bewegen und stöhnte auf. »Kannst du das Bett hochdrehen?« fragte er und deutete auf die Kurbel in der Nähe seines Kopfes. Ich drehte sie.

»Ich habe keine Lust mehr auf diesen verdammten Job!« sagte er nach einer Weile des gegenseitigen Anschweigens.

»Heißt das, daß du die Klamotten hinschmeißt? Gerade jetzt, wo doch alles ganz gut läuft? Feudel ist endgültig weg vom Fenster, und die Mehrheitsfraktion wird dir künftig aus der Hand fressen. Immerhin hast du dein Leben riskiert, um Schaden von Bierstadt abzuwenden!«

»Die begreifen doch gar nicht, um was es geht!« widersprach er. »Auch wenn Feudel kein Intendant wird — guck dir doch mal das Personal an, mit dem ich mich tagtäglich herumplagen muß. Den Leiter der Kunstagentur zum Beispiel. Du weißt, wen ich meine?«

»Klar. Den Kleinen mit dem roten Haar und dem hübschen Sprachfehler. Was hast du gegen ihn?«

»Für ihn ist Kunst sowas wie eine bunte Mischung aus Pop-Musik, bunten Klecksereien, Knüttelversen und Lehrlingstheater. Bunte, bunte Smarties. Nur daß er das Wort ›Smarties‹ noch nicht mal richtig aussprechen kann. Bei einem Lehrlingstheater des Gewerkschaftsbundes hat er seine künstlerischen Erfahrungen gesammelt.«

»Ich weiß. Ich habe in meinen journalistischen Anfängerjahren darüber geschrieben. Er spielte den Meister, der die Lehrlinge entgegen den Ausbildungsvorschriften zum Brötchenholen nötigt und schließlich von der geballten Widerstandskraft der arbeitenden Menschen mit Hilfe des Gewerkschaftsjugendsekretärs zur Strecke gebracht wird. Unglaublich aufregender Plot!«

Höfnagel grinste. »Er hat sogar eine wirkliche Begabung. Er kennt jeden öffentlichen Topf, aus dem ein paar Mark locker zu machen sind.«

Ich atmete auf. Es ging aufwärts mit ihm, denn er hatte wieder Freude an konstruktiver Mitarbeiterkritik.

»Ist doch gut, wenn jemand Geldtricks kennt. Diese Fähigkeit hätte Feudel um ein Haar zum General gemacht.«

»Oder guck dir mal den Bibliotheks-Chef an! Es gab 34 Bewerber für die Stelle, darunter echte Kapazitäten. Doch der Kulturausschuß hat sich für ihn entschieden.«

»Und? Irgendwas muß er doch auch können? Außer lesen!«

»Er konnte glaubhaft nachweisen, den stilistischen Unterschied zwischen Karl Marx, Karl May und Karl Konsalik zu kennen.«

»Wieso? Konsalik heißt doch gar nicht Karl!«

»Grappa! Jetzt machst du mir auch noch meinen Gag kaputt!«

Ich prustete los. Höfnagels Gesicht hatte wieder Farbe bekommen. Er lachte mit, verschluckte sich, griff zum Trinkglas und nippte.

»Soll ich einen Arzt rufen?« fragte ich besorgt.

»Um Gottes willen!« rief er erschreckt. »Die ärgern mich schon genug mit ihren ständigen Anweisungen. Außerdem bekomme ich gleich noch Besuch. Ich habe den Kulturausschußvorsitzenden um einen Besuch gebeten.«

»Was willst du von Leo Eulenhauer?«

»Ich teile ihm mit, daß ich meinen Job aufgebe.«

»Warum?«

»Ich habe es dir doch gerade erklärt, Grappa! Ich habe keine Lust mehr auf diese Art von Kultur- und Kunstverwaltung.«

»Meinst du, daß Eulenhauer deinen Rücktritt annimmt?«

»Da wird ihm wohl nichts anderes übrigbleiben! Er kann sich dann schon mal Gedanken über meinen Nachfolger machen!«

Er schien wild entschlossen. Schade, dachte ich, so ein Zyniker auf gehobenem Niveau findet man nicht an jeder Straßenecke.

»Schade. Aber du hast Frau und Kinder. Wovon willst du leben?«

»Keine Ahnung. Immerhin bin ich Experte für die niederländische Malerei des 17. und 18. Jahrhunderts. Wußtest du das?«

»Nein. Aber ich habe immer geahnt, daß du noch finstere Geheimnisse vor mir hast.«

Ein Mädel zum Pferdestehlen

Anneliese von Prätorius zögerte eine Woche lang, dann ging sie zur Polizei und gestand, ihren Mann in Notwehr erschlagen zu haben. Nellos Tod war damit auch offiziell geklärt. Doch niemand gestand den Mord an Beate Elsermann. Ich haßte unbeantwortete Fragen, unerledigte Recherchen und ungesühnte Morde.

Jansen hatte das abgesprochene Honorar rausgerückt, so daß auf meinem Girokonto schöne schwarze Zahlen prangten.

Die mußten weg. Ich ging einkaufen und frischte meine Garderobe mit einigen neuen Teilen auf. Zu Hause dann eine kleine Modenschau vor dem Spiegel, mit ein oder drei Gläschen »Brunello de Montalcino«.

Ich hatte gerade die »Femme fatale« vor dem Spiegel geprobt, als es schellte. Ein weiterer Blick in den Spiegel sagte mir, daß ich in diesem Zustand unmöglich die Tür öffnen konnte.

Meine Haare waren mit Gel vollgeschmiert, unter meine Augen hatte ich schwarze Balken gemalt und mir falsche

Wimpern angeklebt. Das neue Kleid war samtschwarz und spannte über dem Hintern. An den Füßen trug ich meine ältesten Hausschuhe.

Doch der Besucher gab nicht auf. Klingelte und schellte. Ich schaute auf die Uhr und sagte mir, daß 22 Uhr eigentlich zu spät für Besucher ist. Doch die Neugier überwältigte mich.

Ich schlurfte mit den Puschen zur Sprechanlage und fragte nach. Es war Boris Austerlitz, dessen Existenz ich fast vergessen hatte.

»Was wollen Sie?« knurrte ich durch die Sprechanlage.

»Ich kann nicht mehr weiter! Sie müssen mir helfen!« Es klang verzweifelt.

»Können Sie nicht morgen wiederkommen?« Ich hatte keinerlei Lust auf Männerbetreuung, von meinem grausligen Outfit ganz zu schweigen.

»Bitte!«

Dieses eine Wort, voller Verzweiflung in meine Sprechanlage geschleudert, stimmte mich um. Hatte ich mir nicht vorgenommen, mein Leben ab und zu mit einer guten Tat zu verschönern?

»Kommen Sie rauf. Die fünfte Etage und dann eine Treppe tiefer.«

Ich schleuderte die Pantoffeln von meinen Füßen und schubste sie unters Bett. Die Katze protestierte. Das Kleid behielt ich an, fürs Abschminken war es auch zu spät.

Er trat durch die Tür und fragte: »Wie sehen Sie denn aus? Sind Sie krank?«

»Nein«, sagte ich verstimmt, »nur blöd. Weil ich Sie reingelassen habe.«

»Tut mir leid.« Es klang echt. »Aber ich weiß nicht mehr weiter. Ich muß mit jemandem reden.«

»Warum gerade ich? Haben Sie keinen Therapeuten?«

»Sie machen den Eindruck, daß man mit Ihnen Pferde stehlen kann.«

Das konnte ja heiter werden! Die gute alte Grappa mit ein paar Gäulen und einem verhuschten Anwalt im Schlepptau. So ein Image hatte ich mir immer gewünscht.

»Setzen Sie sich und fangen Sie an.«

Ich blieb stehen, damit das Kleid nicht knackte.

»Kann ich etwas von der Cola haben?«

»Menschenskind! Sind Sie farbenblind? Das ist keine Cola, das ist einer der teuersten italienischen Rotweine!«

Mein unwirscher Ton irritierte ihn. In seinen dunklen Augen glänzten erste Tränen. Er sah heute abend umwerfend attraktiv aus.

Ich schluckte, dachte an etwas Unangebrachtes und guckte weg. »Ich habe keine Cola im Haus. Wollen Sie etwas von dem Wein?«

»Ich will Ihnen den teuren Wein aber nicht wegtrinken!« sagte er leise. »Vielleicht haben Sie ein Glas Wasser aus der Leitung für mich übrig!«

»Die Katzen haben auch noch etwas Futter in ihrem Napf. Wie wär's denn damit?«

Er schüttelte den Kopf. Ironie war nicht seine Sache. Ich stellte ihm ein Glas Wein hin und forderte: »Zur Sache, Schätzchen!«

Er guckte unsicher, wurde rot und schlug die Augen nieder.

»Das ist ein Filmtitel«, stellte ich richtig, »neuer deutscher Film. Ist aber auch schon wieder 25 Jahre her!«

Ich setzte mich vorsichtig auf einen Stuhl. Die Nähte des Kleides hielten. »Herr Austerlitz, um was geht es?«

»Ich habe Beate Elsermann auf dem Gewissen!«

Ich brauchte eine Weile, um den Satz zu begreifen. Mein Gott, dachte ich dann, in dieser Story gestehen die Mörder ihre Taten von ganz allein. Erst die Nello-Witwe und nun Austerlitz. Die wollen mir den Spaß an der Recherche nehmen.

»Erzählen Sie! Was ist passiert?«

Er trank das Glas Wein in einem Zug aus. Nachdem er sich das schwarze Haar geordnet hatte, erzählte er: »Erinnern Sie sich an den Tag, als Sie bei Beate waren und ihr von der Erbschaft erzählt haben? Der angeblichen Erbschaft?«

Ich nickte. »In dieser Nacht ist sie ermordet worden.

Aber Sie können es nicht gewesen sein, weil Sie während der Mordzeit in einer Ausnüchterungszelle der Polizei saßen.«

»Dennoch bin ich schuldig! Hören Sie zu! Beate rief mich an, als Sie, Frau Grappa, gegangen waren. Sie war sehr aufgekratzt. Immer, wenn sie auf Geld hoffte, war sie guter Stimmung. Sie erzählte mir also, daß Nello ihr die Tantiemen aus seinem Buch vererbt habe. Sie ist voll auf Ihre Lügengeschichte hereingefallen!«

»Der Zweck heiligt die Mittel!« hielt ich ihm entgegen. »Geldgier war noch nie ein guter Ratgeber.«

»Sie haben Beate ganz bewußt aufs Kreuz gelegt!« Gleich würde er brüllen und ich ihn vor die Tür setzen.

»Lassen Sie Ihre Bewertungen! Halten Sie sich an die Fakten. Waren Sie nicht mal Anwalt?« giftete ich.

»Ich warnte Beate. Doch sie schlug alle meine Bedenken in den Wind, weil sie Ihnen die Geschichte vom großen Geld glauben wollte.«

»Das hatten wir schon. Weiter! Wo ist die Pointe der Geschichte?«

»Pointe?« Er lachte bitter auf. »Wir bekamen Streit. Dann erzählte sie mir, daß sie eine Eidesstattliche Versicherung abgeben sollte. Ich warnte sie. Dann sagte sie, daß der Schriftsteller Beutelmoser das Manuskript als sein eigenes herausbringen wollte und daß sie das verhindern müsse. Mir wurde klar, welches Spiel Sie treiben wollten, Frau Grappa!«

»Ach ja? Klären Sie mich auf!«

»Sie wollten Beate bewußt einen Meineid leisten lassen!«

»Das ist Blödsinn! Sie hat gesagt, daß sie das Manuskript identifizieren kann. Mehr sollte sie auch nicht eidesstattlich versichern!«

»Mag sein. Beate hat oft gelogen, wer wüßte das besser als ich? Auf jeden Fall stritten wir uns weiter. Ich warf ihr Geldgier und Dummheit vor, beschimpfte sie als Hure. Sie nannte mich Schlappschwanz und Versager. All diese schönen Worte, die schnell gesagt sind und nie wieder vergessen werden. Und dann habe ich etwas getan, was ich mein Leben lang bereuen werde.«

Er schlug die Hände vors Gesicht und stöhnte auf. Er machte es verdammt spannend.

»Ich habe Lazarus Beutelmoser angerufen und ihm alles erzählt.«

»Warum haben Sie das getan?«

»Ich wollte Beate vor sich selbst schützen!«

»Lügner! Sie haben es aus Rachsucht und Eifersucht getan. Und mir machen Sie moralische Vorhaltungen!«

»Sie haben recht! Ich bin ein Schwein. Ich habe bei Beutelmoser angerufen, um ihr die Sache kaputt zu machen.«

»Das nennt man späte Einsicht! Und Beutelmoser ist dann nachts vorbeigekommen und hat Ihrer Beate den Hals zugedrückt!«

Er sah mich voller Qual an und nickte.

»Nur so kann es gewesen sein! Ich habe Beate den Mörder ins Haus geschickt!«

Wovon Nachtwächter träumen oder: »Putzi« kehrt zurück

An Beutelmoser heranzukommen, war schwieriger, als mit dem Papst »Lambada« zu tanzen. Die geschlossene Abteilung des Landeskrankenhauses machte ihrem Namen alle Ehre. Selbst wenn Beutelmoser mich hätte empfangen wollen, die Ärzte hätten es verhindert. So jedenfalls lautete die Auskunft, die mir der behandelnde Psychiater gab. Ich konnte lediglich aus ihm herauskriegen, daß das »Krankheitsbild des Patienten äußerst bedenklich« und daß ich nicht schuldlos daran sei.

»Die Story wird immer dämlicher«, maulte ich in der Redaktion. »Ich suche zwei Mörder, finde aber nur eine gequälte Ehefrau und einen bekloppten Dichter, der sich ins Krankenhaus flüchtet. Außerdem hasse ich es, wenn die Täter kleckerweise gestehen. Ich liebe große Show-Downs wie im Film. Mit Schlägerei oder Ballerei. Ein letztes Aufbäumen, bevor den Verbrecher die gerechte Strafe ereilt!«

»Laß den Kopf nicht hängen, Grappa! Du guckst zu viele schlechte Filme. Einen Mörder hast du außerdem noch in petto.« Jansen nahm mal wieder alles auf die leichte Schulter.

»Und kannst du mir sagen, wie ich Beutelmoser aus der Klapse rausbekomme? Soll ich nachts über die Mauer klettern und ihn entführen?«

»Hast du schon mit der Staatsanwaltschaft gesprochen? Vielleicht wissen die einen Rat.«

Ich winkte ab. »Nein, Peter! Ich will mich nicht blamieren. Erst muß ich mit Beutelmoser reden. Ich will ein Geständnis und eine Story für unser Blatt. ›Verrückter Schriftsteller gesteht Tageblatt-Reporterin: Ja, ich habe sie erwürgt!‹ Toll, was?«

»Wahnsinnig toll! Diese stilistische Brillanz! Du bist wirklich zu Höherem geboren, Grappa! Bist viel zu schade für unser Blatt. Du solltest Kriminalromane schreiben!«

»Daran habe ich auch schon mal gedacht. Meinst du, ich hätte Talent dazu?«

»Aber ja! Du mit deinem Sinn fürs Dramatische! Oder versuch's mal mit dem Libretto für eine Oper. Du kennst dich ja jetzt im Bierstädter Kulturbetrieb aus.«

»Aber ich kann keine Noten lesen!«

»Grappa-Mäuschen! Ich sprach vom Libretto! Das ist der Text. Die ›Musi‹ macht ein anderer. Den Titel für die Oper hätte ich schon: ›Des Nachtwächters Traum‹.«

»Wo ist Feudel eigentlich geblieben?«

»Er ist noch in Bierstadt. Er hat in diesen Tagen jede Menge Termine mit Steuerfahndern, Staatsanwälten, Rechtsanwälten und Wirtschaftsprüfern.«

»Kann man was rauskriegen?« wollte ich wissen.

»Ich hab's schon versucht. Bei Steuersachen verschanzen sich die Behörden immer hinter dem Paragrafen 30 der Abgabenordnung. Steuergeheimnis. Feudels Geschäfte werden frühestens bei der Anklageerhebung bekannt.«

»Wir haben aber auch verdammtes Pech«, sage ich enttäuscht, »hätte er doch jemanden umgebracht!«

»Seine Anwälte werden das nicht ganz so sehen!« lächelte Jansen. »Feudel wird sein Unternehmen außerdem in die östlichen Bundesländer verlegen, so hat er angekündigt. Da gibt es noch genug zu bewachen. Damit gehen Bierstadt allerdings erkleckliche Gewerbesteuereinnahmen flöten. Und die oberen Fünfhundert jammern schon dem jährlichen Opernball nach, auf dem sie sich auf Kosten Feudels vollgefressen und betrunken haben. Viele wichtige Menschen in unserem geliebten Bierstadt sind stinkwütend auf uns, wie wir durch unsere Recherchen den friedlichen Kulturbetrieb der Stadt gestört haben!« Er sah nicht so aus, als würde ihn die Kritik beeindrucken.

»Komisch«, sagte ich, »dieselben Leute rennen in die Bühnen-Klassiker wie zum Beispiel ›Schillers Räuber‹ und beklatschen die edle Moral und die aufrechten Menschen, die an ihrer heldenhaften Lebenseinstellung zugrunde gehen!«

»Den Widerspruch kann ich erklären. Nur in der Kunst hat die bürgerliche Gesellschaft die Verwirklichung ihrer eigenen Ideale geduldet und sie als allgemeine Forderung ernst genommen. Was in der Tatsächlichkeit als Utopie, Phantasterei und Umsturz gilt, ist dort gestattet.«

Ich staunte. Er hatte noch nie so wissend über ein Thema gesprochen, von dem er eigentlich nichts verstand. »Peter! Du hast ja richtig über die Welt nachgedacht!« stieß ich hervor.

»Langsam, Grappa! Nicht ich habe über die Welt nachgedacht, sondern ein Herr namens Herbert Marcuse. Den habe ich gerade zitiert. Und jetzt frag mich bitte nicht, ob der aus Bierstadt kommt!«

Wir prusteten los. Da gleich Mittag war, lud er mich zum Essen in ein nahes chinesisches Restaurant ein. Ich kämpfte mit klebrigem Reis und Schweinerippchen, deren Glasur das sie umgebende Fleisch nur ungern an mich weitergab. Die scharfe Soße betäubte meinen Gaumen. Das Gemüse schmeckte nach zuviel Glutamat.

Ich dachte gerade voller Sehnsucht an Farfalle mit Butter-Basilikum-Soße, als Jansen sagte: »Übrigens! Ernst Lotterbeck kommt wegen versuchten Mordes vor Gericht!«

Ich verschluckte mich, hustete und blies ein paar Reiskörner auf den fetten Keramik-Buddha, in dessen Bauchhöhle ein Teelicht zur Erbauung der Gäste brannte.

»Ernst Lotterbeck?« hustete ich. »Wer ist das und woher kennst du den?«

Er verstand nicht und ließ die Stäbchen sinken. Soßenreste bekleckerten das weiße Tischtuch. »Wieso? Ich kenne ihn durch dich. Aus deinen Erzählungen. Was soll die dumme Frage?«

Der Hustenreiz war Vergangenheit, jetzt war ein aktueller Lachkoller angesagt. Ich gab mich ihm ausgiebig hin. Die zierliche Chinesin hinter der Bar bekam vor Schreck ganz runde Augen.

»Wochenlang habe ich versucht herauszukriegen, wer dieser Lotterbeck ist«, gluckste ich, »die geheimnisvolle Unterschrift im Vereinsregister. Mein Gott, war ich blöd! Ich hab den Kerl immer ›Putzi‹ genannt!«

Das »Paradoxon« als moralisches Problem des Menschen

»Die Zeit entlarvt den Bösen« hat Euripides gesagt. »Kommt Zeit, kommt Rat« so heißt es in einem deutschen Sprichwort. Voll vertrauend auf die Weisheiten griechischer Klassiker und des deutschen Volksmundes, wartete ich ab. Doch nichts geschah. Beutelmoser rührte sich nicht in der Klinik, als ahne er, was auf ihn zukommen könnte.

Nach zwei Wochen war ich es leid. Ich meldete mich telefonisch bei seinem Arzt an, dessen Praxismädels mir nur widerstrebend einen Termin gaben. Der Psychiater hieß Prof. Dr. Hugo Beißnich und sah auch so aus.

Die Praxis, die er im Bierstädter Westen führte, war eine Mischung aus Bankschalter und Computerausstellung. Obwohl es ein normaler Werktag war, herrschte gähnende Leere.

»Sie haben Lazarus Beutelmoser zu einem schwerkranken Mann gemacht!« Hugo Beißnichs Stimme war ein einziger Vorwurf.

»Ein bißchen Schwund ist immer!« sagte ich und stellte mich seelisch auf weitere Vorhaltungen ein.

»Ist es denn die feine Art, einem Freund das Manuskript zu stehlen und es als sein eigenes auszugeben?« hielt ich ihm schüchtern entgegen.

»Wir Therapeuten fragen nicht nach den Tatsachen, sondern nach den Hintergründen. Das ›Warum‹ steht im Mittelpunkt.«

»Auch gut. Dann sagen Sie mir: Warum hat er das gemacht?«

Hugo Beißnich stellte sich seelisch und körperlich auf eine Vorlesung vor Erstsemestern ein. Er setzte seine goldumrahmte Brille ab und fixierte einen nicht vorhandenen Punkt auf der blütenweiß getünchten Wand.

»Die menschliche Existenz ist dadurch gekennzeichnet, daß der Mensch in seiner inneren Struktur allein und von der Welt getrennt ist. Er kann diese Trennung nicht ertragen, strebt also nach Verbindung zu ihr und Einheit mit ihr. Doch zugleich braucht der Mensch Unabhängigkeit, um das Einmalige seiner Existenz zu bewahren. Haben Sie mich verstanden?«

»Irgendwie schon«, räumte ich ein, »aber was hat das mit Beutelmoser zu tun?«

»Ich habe Ihnen eben das grundlegende Paradoxon der menschlichen Psyche geschildert. Aus ihm entsteht das grundlegende moralische Problem des Menschen. Wie bleibe ich ›Ich-Selbst‹, ohne die Verbindung zur Welt aufzugeben? Sagen Sie mir das, junge Frau!«

Ich fühlte mich nicht angesprochen und schwieg. Er hatte sowieso nicht mit einer Antwort gerechnet, denn er fuhr fort: »Der Mensch — und hier wären wir bei dem Patienten Beutelmoser — muß sich produktiv zur Welt in Beziehung setzen, damit sich der Widerspruch auflöst. Das hat Herr Beutelmoser versucht.«

»Doch er war in keiner Weise produktiv«, wandte ich ein, »sondern er hat das Buch gestohlen.«

»Eben. Deshalb ist er ja krank. Als seine Lüge bekannt wurde, hat er sich in die Krankheit geflüchtet. Und da versuche ich ihn herauszuholen!«

»Alles schön und gut!« Es war Zeit, dem Professor ein paar neue Tatsachen mitzuteilen, mit denen sich sein Patient »produktiv zur Welt in Beziehung« gesetzt hatte.

»Jetzt sage ich Ihnen etwas, was Sie noch nicht wissen! Lazarus Beutelmoser ist nicht krank, sondern er täuscht uns alle. Er versteckt sich in der Klinik, um nicht wegen Mordes angeklagt zu werden. Er hat die Schauspielerin Beate Elsermann umgebracht!«

Der Professor verzog keine Miene. »Ich weiß«, meinte er schlicht.

»Wie bitte? Sie wissen das?«

»Ich habe zu Herrn Beutelmoser ein wunderbares Vertrauensverhältnis aufgebaut. Ohne die ärztliche Schweigepflicht zu verletzten, kann ich Ihnen folgendes sagen: Beutelmoser hat von Herrn Prätorius das Manuskript zwecks Begutachtung erhalten. Als der Journalist entführt und getötet wurde, bekam Herr Beutelmoser die Idee, den Roman als sein Werk zu veröffentlichen. Dann kamen Sie, Frau Grappa! Er fühlte sich bedroht, brach in die Wohnung des Journalisten ein und holte die Manuskript-Kopie. Die Schauspielerin hat dann später versucht, ihn zu erpressen. Beutelmosers Krankheitsbild war da schon sehr weit fortgeschritten. Er hatte den Bezug zur Realität so weit verloren, daß er zu der jungen Frau fuhr und sie tötete. Als Sie ihm auf der Pressekonferenz Betrug vorwarfen, verwischten sich bei ihm die Grenzen zwischen Wahrheit und Wahnsinn.«

Ich war erschüttert. Nicht über das Leiden Beutelmosers, sondern über die Aussicht, daß ein Mord ungesühnt bleiben sollte. Irgendwie bin ich ein bißchen altmodisch in solchen Sachen. »Können Sie Beutelmoser heilen?« fragte ich.

»Das muß die Zeit beantworten.« Der Doktor hatte sich verbal verausgabt und schnaufte.

»Solange er in der Klinik ist, kann ihm wohl nichts passieren, oder?« wollte ich wissen.

»Wollen Sie einen schwerkranken Mann für eine Sache büßen lassen, für die er nicht verantwortlich gemacht werden kann?« fragte er mit strengem Blick.

»Und das Opfer? Es handelte sich um eine lebenslustige Frau! Sie ist tot! Beutelmoser hat sie erwürgt! Begreifen Sie das nicht?«

»Ich bin Arzt«, sagte er ungerührt, »das ›Warum‹ ist maßgebend und nicht das ›Was‹. Ich dachte, Sie hätten das verstanden!«

Vorletzter Ausklang

Auch die Staatsanwaltschaft sah keine Chance, an Beutelmoser heranzukommen. Die Paragrafen des Strafgesetzbuches kamen nicht gegen die geballte Macht der Mediziner an. Ich wandte mich wieder anderen Geschichten zu und dachte nur ab und zu an die mörderische Kultur in Bierstadt.

Jacques Höfnagel legte sein Amt doch nicht nieder. Die Mehrheitsfraktion räumte ihm die Freiheit ein, sich seine Befehle nicht mehr im Parteibüro abholen zu müssen.

Paul Pistor, der Kammerschauspieler, vergaß seine Ambitionen auf den Posten des Generalintendanten. Er heiratete Nellos Witwe und wurde Stiefvater des Satansbratens namens Aristide, der die Affäre in jugendlicher Selbstüberschätzung eingefädelt hatte. Er wartete auf sein Gerichtsverfahren wegen Freiheitsberaubung.

Anneliese von Prätorius wurde Notwehr zugebilligt. Sie kam am besten aus der Sache raus, hatte einen neuen Mann und wurde vermögend.

Feudel verließ Bierstadt, nachdem er wegen Steuerhinterziehung eine saftige Geldstrafe gezahlt hatte. Die neuen Bundesländer brauchten Männer wie ihn, die — unbeeindruckt von den Paragrafen der Gesetze — ihren Weg gehen.

»Putzi« kam wegen gefährlicher Körperverletzung vor den Kadi. Er bekam drei Jahre ohne Bewährung.

Boris Austerlitz kämpfte vor Gericht wie ein Löwe. Schließlich brummte man ihm eine Geldstrafe wegen Nötigung auf.

Nur der Mord an Beate Elsermann blieb ungesühnt. Eine Sache, die mir überhaupt nicht gefiel.

Letzter Ausklang

Der neue Bierstädter Generalintendant wurde einstimmig vom Rat der Stadt gewählt. Nach den »Irritationen der vergangenen Wochen«, so der Oberbürgermeister Gregor Gottwald, »ist demokratischer Schulterschluß aller im Rat vertretenen Parteien vonnöten.«

Leo Eulenhauer, der Vorsitzende des Kulturausschusses, opferte sich. Er gab seinen Beruf als »Kunstkeramiker« auf, um der Allgemeinheit zu dienen. Sein Brennofen war sowieso kaputt. Ob er geeignet war? Ich hatte keine Ahnung. Mich interessierte die Sache nicht mehr besonders.

Ich hielt gerade *den* Bestseller der neuen Belletristik-Saison in der Hand: »Die Menschwerdung« hieß er, die Neuerscheinung eines großen Verlages. Der Autor war Nello von Prätorius, der — so der Klappentext — »sein erstes und letztes Werk der Öffentlichkeit präsentiert«. Präzise beobachtet, dachte ich.

Der Schmöker entzückte die Fachwelt. Das übliche Ritual der Buchbesprechungen fand auf den Literaturseiten der großen Blätter statt. »Ein großer Erzähler in der Tradition von Dostojewski und Feuchtwanger«, jubelte eine Wochenzeitung.

»Leicht wie eine Feder im Sonnenlicht wird der Leser in die mystische Geschichte zweier Liebender hineingesogen«, meinte eine Literaturzeitung.

»Wir sind es müde, daß Frauen als willige, dumme und allzeit bereite Sexualobjekte männlicher Perversitäten gezeichnet werden«, brüllte die Rezensentin des Frauenblattes »Lila Pause« und forderte gemeinschaftliche Sanktionen und Boykottmaßnahmen gegen den Autor. Zu spät, Mädels, dachte ich.

Anneliese von Prätorius und ihr Sohn konnten sich freuen: Ihnen fiel die Tantiemen-Beute zu, denn Nello hatte keine anderen Erben.

Endgültig letztes Kapitel oder: »Gott vergibt, Django nie!«

»Ich habe für dich einen Termin ausgemacht«, sagte Peter Jansen und grinste, »im Landeskrankenhaus. Dort hat sich eine Sensation ereignet. Ein großer Lyriker wurde geboren. Die Fachwelt kriegt sich kaum noch ein vor Entzücken. Ein Verrückter, der Gedichte schreibt, die die Weltliteratur befruchten. Schreib eine Geschichte darüber, Grappa! Genau das Richtige für dich!«

»Beutelmoser?« fragte ich.

»Du sagst es. Aber nenne ihn nicht bei seinem Namen, wenn du ihn gleich triffst.«

»Und warum nicht?«

»Weil er seinen richtigen Namen vergessen hat. Er nennt sich jetzt ›Django‹!«

»Oh Mann! Ausgerechnet ›Django‹! Was soll der Quatsch?«

»Die schwere Krankheit hat sein Hirn noch immer in Besitz. Also sei brav, Grappa-Mäuschen! Sag ›Django‹ zu ihm. Die Ärzte haben darum gebeten!«

»Meinetwegen. Warum hat er sich gerade diesen Namen ausgesucht?«

»Kennst du den Film ›Gott vergibt, Django nie‹?«

»Irgend so ein Italo-Western, oder?«

Er nickte. »Er war einsam, aber schneller. Der muß wirklich 'ne Meise haben! Wer nennt sich schon freiwillig ›Django‹?«

»Ein Verrückter!«

»Eben! Also sei lieb zu ihm!«

»Aber klar!«

Der große Lyriker »Django« war mit einer Wildlederhose

bekleidet, in die ein kariertes Hemd gestopft war. Die Lederweste war mit silbernen Nieten verziert. Um seinen Bauch schlang sich ein schwerer Revolvergürtel mit einem Spielzeugcolt.

Der große, mittelbraune Cowboy-Hut war tief ins Gesicht gezogen. Die Füße des Lyrikers steckten in handgenähten Westernstiefeln, an deren Fersen silberne Sporen befestigt waren.

Der Raum war leicht abgedunkelt. Der Meister machte ein ernstes Gesicht. Er würdigte die Journalisten keines Blickes, sondern konzentrierte sich auf das Gedicht, das er gleich vortragen würd.

Es handele sich um ein Sonett aus dem Zyklus »Zwischen Windeln und Wahnsinn - Von der Einsamkeit der Frau«, das erst vor einigen Tagen fertig geworden war und Zeugnis ablegen sollte von der allmählichen Gesundung des Patienten »Django«, so erklärte der Leitende Arzt der gespannten Journalistenschar.

Der Meister räusperte sich, erhob die Stimme und skandierte:

Oh Frau! Du Mensch und Mutter, Hure und auch Herrscherin,
schweigsame Seele, vergessner Rauch aus dunklen Zeiten.
Dein Bild - zum Greifen nah, dann fern in unendlichen Weiten.
Ein lichter Tag! Du stehst am Horizont, ich weiß: Ich bin bin!

Das hatte ich doch schon mal gehört! Aber wo? Bei der Perlenkettenorgie im Bierstädter Kongreßzentrum. Die Hausfrauen konnten damals dem Gedicht weit weniger abgewinnen als jetzt die Ärzte.

Ich konnte nicht anders. Es fing in meinem Bauch an, dieses warme, gute Gefühl. Dann stieg es höher, berührte meine Rippen einzeln und regte sie zur Vibration an. Als das Gefühl in meinem Hals ankam, stand mein Erstickungstod unmittelbar bevor. Ich verhinderte ihn, indem ich mich völlig dem Gefühl hingab. Ich öffnete den Mund und lachte los. Dann brüllte ich in die Runde, immer wieder durch eigene Lacher unterbrochen:

Oh Gott! Laß dieses Antlitz, das so sanft erröten kann,
doch tausend- und millionenmal in Töchtern weiterleben.
Laß diese Augensterne sich ganz in unsere Welt erheben
für immer! Für alle und für den Menschen namens Mann!

Das Licht ging an. Am Schalter stand Beutelmoser. Er starrte mich an. Ich hörte auf zu lachen. Dann kam er auf mich zu, zog seinen Colt aus dem Gürtel und drückte ab. Einmal, zweimal und ein drittes Mal. Die Waffe gab drei schlappe Muckser von sich.

»Bleib cool, Django« sagte ich.